葵花 麦穗 与田野

曹向荣◎著

中国言实出版社

图书在版编目(CIP)数据

葵花、麦穗与田野 / 曹向荣著 . -- 北京：中国言
实出版社，2024.1
ISBN 978-7-5171-4727-5

Ⅰ . 葵… Ⅱ .①曹… Ⅲ .①长篇小说－中国－当代
Ⅳ .①I247.5

中国国家版本馆 CIP 数据核字 (2024) 第 029281 号

葵花　麦穗　与田野

责任编辑：王蕙子
责任校对：王战星

出版发行：中国言实出版社

地　址：北京市朝阳区北苑路180号加利大厦5号楼105室

邮　编：100101

编辑部：北京市海淀区花园北路35号院9号楼302室

邮　编：100083

电　话：010-64924853（总编室）　010-64924716（发行部）

网　址：www.zgyscbs.cn　电子邮箱：zgyscbs@263.net

经　销：新华书店
印　刷：北京铭传印刷有限公司
版　次：2024年6月第1版　2024年6月第1次印刷
规　格：880毫米×1230毫米　1/32　6.5印张
字　数：150千字

定　价：48.00元
书　号：ISBN 978-7-5171-4727-5

前言

 这部小说发表在 2010 年《阳光》杂志。

 回想起来,我写了多部乡村小说。入选《小说选刊》的中篇小说《泥哨》、《憨憨的棉田》,都是乡村题材小说。2023 年参加中国作协、鲁迅文学院、作家出版社合办的"新时代山乡巨变主题创作改稿班"的长篇小说《古渡》写的是乡村时代变迁。

 我是山西人。29 岁那年,我离开村庄到小县城一所学校教书。从此,我的日常生活不再是出门看见田野,看见村庄。在小县城待了 19 年,我调到了地区文联工作。我的一个老师开玩笑地说:你这算是进城了。但对于我,乡村的道路在我的脚下无限延伸。乡村不仅给了我生命,她对我的精神滋养是丰厚的。我每下笔,乡村的人和事蜂涌而来。正是这样,我持续发表小说至今有 20 余年。重要的是,这 20 余年的小说写作不曾间断,每年都有新的中篇小说或者短篇小说发表,其间又有长篇小说出版。我的写作不急不慢,徐徐而行,如田间散步。如此均衡持续的写作是乡村给了我坚强的后盾和支撑。乡村对于我,是一个永远写不完的话题,就像英国作家康拉德写海。

 30 岁出头,我的小说写作是粗疏的、新奇的、莽撞的,写作状态是激奋的,有点想怎么写就怎么写。这样的欠思考,让小说的确有这样那样的生涩,却也生动新鲜,是刚出炉的。因为那时年轻的我正写在好处,有那么一股子冲劲。这是人一生只会有一次的美好岁月。

 小说得有人物形象。《葵花》(小说原名)里的主角是一个女性人物。这个女性人物有那么点象征大地母亲。但这是小说写成多年后的感觉。

在小说刚开始写或有写这部小说的念头时，我着实不曾有这样的想法。因为，小说开头，你不知道里面到底会装些什么，小说结尾又会怎样。我相信正是这些未知，让每一位写作者欣欣然生活在写作的快乐当中。

小说创作是一次旅行，又是探险。说写作一部小说是旅行，是温和可人的说法。旅行，是令人向往的事情，你真不知道一路会遇见什么。探险却是自主的，是要严肃、认真地完成一件事情。而写作一部长篇小说，这两样不可或缺。少了悠闲的愉悦，小说是没意思的；少了探索精神，小说无目标，失去力量和精神。由此，小说里作者带着人物，也是人物牵动作者，作者与人物相伴快乐而冒险地去远足。

小说开头，下笔写了几行字，首要解决的一个问题是这部小说里的主角的名字。小说主人公的名字，我不曾提前想好过。每次都是开笔写几行，那个名字自然冒出来，也能说一想就想出来了。葵花，是一个好名字，清新爽朗。这个名字跟小说里葵花这个女人一样心地纯洁清明。她是一个好女人，也是一个倔犟的女人，九头牛拉不回来。好女人大多纯朴、善良、解人意。这些好女人的特点在葵花身上都有展示。但不同的是，这个好女人葵花，她是个做事的女人，不那么安分。不安分可不是个好词，特别是用在女人身上。但新时代，女人们穿短裤走在城市的大街上，成为家常。社会一天天将女人的不安分彻彻底底淡化掉，到葵花这里，她的不守安分成一种褒奖。因为她的不安分是要种地。不但她自己要种地，还号召村里人种地。

小说叙事正是乡村人日子好转的节骨眼，人们徜徉在温暖的春光里。乡村人在充满希望和向往的同时，也有张望和懈怠。乡村的面貌一天天在发生改变。小工厂建起来，人们从每天下地劳动变成半农半工。这样的改变，让种地不再是乡村人唯一的指望，女人从繁重的田间劳动中解脱出来。收拾家、给出门打工的男人做饭成了女人们的日常。乡人们安闲自在起来，麻将悄然而至，游闲的时光让乡人们自得其乐。随着乡村工业的一天天兴起，小工厂越建越多，工厂打工成为乡村人们生活的主业。农业渐渐不被农民重视，庄稼地给撂荒，或者出让。

葵花就是这个时候有了思想。她对眼前不把种地当回事，愤愤不平。在乡村人觉得自在享乐的时候，警钟在葵花的头脑里拉响。葵花不是要将自己标榜为一个"英雄"，而仅只是因为对土地深深的热爱。庄稼在她的心头涌满着爱意，也时时刺疼着她的神经。葵花对土地的爱，是对传统的一种执着。这种执着不是守旧，而是作为一个新时代青年，身处飞速发展的社会进程中，面对日新月异的科技生产表现出来的焦灼和对抗。她作为一个女性，在热火的工业化腾飞时期表现得现实而冷静。这一点是可贵的，尤为重要。

葵花不仅要种地，还要丈夫田贵养猪。农业生产，养猪是重要的一部分，乡间地头常常有小山一样的粪土。改革开放后，养猪主要用来发展经济。但葵花"诱导"丈夫田贵养猪跟这一行的养猪不是一个路子。葵花鼓动丈夫养猪不仅仅为赚钱，更多为了种地。她要将养猪和种地结合起来。发展经济以快速赚钱为目的，葵花买的是土猪苗，长得慢。她主张用麸皮、青草喂养。这样，小说有了矛盾和冲突。一个女人做事情是艰难的，想要带动全村人做事，其中的遭遇和艰辛让小说很有意味地一天天写下来。

这部小说创作处于我的创作欲极为旺盛时期。这种对于小说创作的感觉是新的，激奋昂扬。笔下太宽广，像车行草原，随性自由。这样的小说写作会有这样那样的不完美。对于发表或者出版的作品，我无一不叹息。如果让我重写，用词会更准确。这也是现在每有小说要发表或出版前，我反复修改，仍心有不甘的原因。小说尽管有这样那样的不足之处，对于人物的塑造是鲜活的，特别是对人物的忠实描写，让读者可信。这一点我很自信。《葵花》写作期间，我还写作了中篇小说《憨憨的棉田》，并入选2008年《小说选刊》。后来我在《小说选刊》开设的"来信与回复"专栏里看到一封信，信的落款是吉林省长白县摩托车修理部，写作人是一个蔡姓读者。他在信中说他喜欢《憨憨的棉田》，原话这样说："让我和我的客户百看不厌。"我看到后惊讶欢喜，因为这比一个大批评家的言论要珍贵得多。我想：我的小

说尽到忠实的表达。关于我的小说语言，不夸张地讲，我的小说语言只属于我自己。似乎有一只手将这样的语言推到我面前：诺，你这样写吧。我在想：一个写作者的语言接近写作者的性格。有些东西，只能这样。

这部小说发表到现在 13 年了。13 年间，人们经历太多。可喜的是，这部小说经过 13 年的淘洗，仍不过时。反而，社会对土地和粮食的关注度比 13 年前更多些，力度更大些。葵花 13 年前的思想和作为在今天比之前更值得关注，社会也需要更多葵花式的人物，将热爱土地、热爱庄稼的火种大力传播下去。

这部小说情节的可贵之处还在于葵花种地和田贵养猪经过激烈的矛盾冲突，在小说结尾达成和谐。这是一种理想梦幻式的表达，但也怀抱希望。近些年，常在视频里看到江河湖海排满了垃圾。如果人类都将无法消融的垃圾保留在大地上，倒进江河湖海，如此下去，我们还能走多远？

作者

2023 年 11 月 28 日

靠土地活着的人（代序）

　　我是生活在新时代的人。自有记忆以来，我没有在生产队里劳动过。我对生产队最多的记忆就是在上学时候，路过巷口，看见集合在那里的男男女女。他们将锄头、铁锹放在脚前，朗声说笑。或者，放学了，天麻麻黑，我站在巷口的槐树下，等妈妈。妈妈每天都是从这里出发，去田间劳作。

　　我小学没毕业，土地下放了，各家种各家。我对农田记忆最多的就是跟着爸爸妈妈种我们自家的地。那是 20 多年前，我跟着爸爸妈妈能做的活是拉牛，或者打水。大热天上地头，各家带一个小铁桶，或者军用水壶。小铁桶或者水壶都像锄头、犁、耙一样，是一件上地头不可短缺的用具。我看跟我一般大的男孩子，他们拉粪，拉玉米，他们拉得满头大汗。可我是一个女孩子，只能看着我爸爸满头大汗。我心疼爸爸，在小平车后头可着劲儿推，但如果遇到陡一点的坡，爸爸还是得叫住一个人帮忙。这个时候，我真是羞愧，两手紧抵小平车的尾部，头低下来，脸离路面很近。我的旁边因为多出一个人来，我这样的动作似乎只是个样子，觉得一点劲也使不上，只跟着飞快地走，几乎都是在跑。这让我感觉很不好，让我感到我在爸爸小平车后面，不只是我的动作是个样子，我人都只是一个样子了。

　　我说这么多，是说我跟土地的情感。我回娘家，到离家还很远的地方下车，用脚量，一直量到我家门口。那是我小时候跟妈妈逢会赶集的小路。30 多年过去了，小路还是有了些许的变化，这里少了一个弯，那里少了一棵树。可是，那条小路还是记忆中的宽。我走在路上，

5

左看右看，右看左看，还是 30 年前的麦子，还是这里那里的电线杆，也还是这里那里有一个小房子。那是井房，里面有看井的人。现在，井房里那看井的人早不是多年以前的人了吧？但井房还在。与这里熟悉的人，只要看见井房，他们的头脑里一定会出现一两张熟悉的面孔。

我生长在允许个体私营的年月里，伴随着我成长的是这样那样的厂。厂越来越多，"打工"这个词听起来一天比一天耳熟。庄稼人也不只是种田，或者压根儿不种，他们去打工。他们不只是在近处打工，他们跑得很远，远到多半年看不到自己的亲人。这些打工者，他们庄稼人不像庄稼人，工人不像个工人。他们是"民工"。

这些民工，他们一开始只是不重视土地，渐渐地，他们对土地不理不睬，土地在他们眼里好像一下子什么都不是。有一天，我看到报纸上这样说："……一个家庭，老人种着 5 亩地，一年的收益也就 5000 来元，刨去成本就更少，但假如没有这 5 亩地的产出，增加的开支可能不是 5000 元，而是 2 万到 3 万。如果农民都在买粮食吃，粮食价格会怎样？……"

我就是看到这一句话，动笔写了这篇《葵花》。大家不种地，这是很可怕的事情。事实上，只是看到报纸上这么一句话，我也不能写出十多万字的小说来。这句话最多只是个引子，就像走哪儿忽然闻有迷人的香气。而这香，你一闻心里就明白。我是被这句话迷住了，这话的香是从土地那里传来，是这句话让我又一次拥抱土地。那里有我的家乡父老——他们跟土地相近相亲，他们是靠土地活着的人！

此文曾作为创作谈附在《葵花》（小说原名）后，发表于 2010 年第 1 期《阳光》杂志。

目录

1. 万花筒

　　一只眼睛对着万花筒，那里面有各色的好看的花朵，
两手翻转着，变幻出百样的花。

　　这五间北房，是老二娶媳妇前一年盖起来的。原是家里给
老大田柱娶媳妇盖的，没想到老二在老大前头结了婚。

　　也不是老二故意要在老大前头结婚，是这家的老大田柱人
实诚。现在姑娘订婚不像以前，看着小伙子老实就嫁。现在的
姑娘看着哪个小伙子机灵才嫁。

　　老大田柱腼腆。他在这个村子生活快三十年了，一碰见姑
娘，还像脚下出现金元宝似的，愣是把头一直低着，还憋着张
脸，脸红得不是要打人，像是被人打了。

　　老大也不会赶时髦。他就两件褂子，这件脱了换那件，两
件都穿得快要破皮儿了。老大俭省着，想着有一天能娶上媳妇。
没想着娶媳妇的事情，兄弟田贵占了先。

　　田柱心里不高兴。可结婚是好事儿，是大事儿。娘多年前
得病去世了，他们是没娘的孩子呢。这样想着，田柱暗地里责
怪自己。弟弟结婚那天，他高高兴兴的，还偷偷看了一眼弟媳
妇葵花。葵花真漂亮。

　　其实老二田贵也不比大哥强多少，也是看见女孩就红脸。
葵花看上了。葵花高中毕业回到村里，正赶上土地下放。葵花
家里有大哥、二哥、三哥，田间的活轮不到她。葵花一个姑娘
家，也没要跟着家里人下地里劳作。她不是怕苦，是一种不担
家事的安闲，是一个姑娘家还没有真正走向社会、走向生活的
安然。

　　葵花每天跟村里的姑娘们一块儿玩。她比同村的姑娘们多读了几年书，回到村里，看见伙伴们又是钩又是织。葵花想起小时候跟伙伴们在一起玩儿跳皮筋，玩儿万花筒。离葵花村不远有个玻璃厂，从玻璃厂废的杂货堆里捡玻璃镜子。那镜子窄长条，裁得很齐整，三根宽窄长短一样的玻璃镜，用细绳绑紧，成一个三角形，末端封住，里面放上红的蓝的糖纸，成一个万花筒。那糖纸不像现在的玻璃纸，那糖纸有足够的糖香味。葵花她们把糖纸里的糖吃进嘴里，把糖纸撕成碎点点，越碎越好；那桃色的、响蓝的碎点点放进去，一只眼睛对着万花筒，那里面有各色的好看的花朵，两手翻转着，变幻出百样的花，百看不厌。

　　姑娘们在一起，她们说起儿时的记忆，比如：万花筒。葵花记起放暑假老师领她们在地里拾麦穗，每人奖励一件背心。那件背心白底，上面印着一只大公鸡。姑娘们听了，一齐笑。姑娘们说这都是哪年的老陈事儿了，葵花还记着。她们说是葵花书读得多才这样七想八想。葵花说你们就算忘了那件小背心，总不会忘记拾麦穗吧？姑娘们听了又笑，一边笑一边做手里的活儿。她们有的都在给未婚夫纳新鞋垫儿了。她们中间有一两个今年就要嫁人了。

　　这天，姑娘们相跟去赶集。她们这个少了针线，那个纳鞋垫儿的尼龙格布得扯上几尺。葵花跟着她们，只为了逛街。逛街多好，街上流动着一伙一伙的人。就是这天，葵花碰上了田贵。田贵抱着两只雪白的兔子，看着来来往往的人群。田贵好像也看了一眼葵花，但他看一眼葵花就把头转过看别的来往行人了。

2. 雪白的兔子

　　兔子的眼睛眯上又睁开，浑身抖了两下，感觉跟风
吹似的。

　　葵花看了田贵一眼，忽然看到田贵胳膊弯里那雪白的兔
子。葵花走向田贵，把手放在田贵抱着的兔子身上，还顺着兔
毛轻轻捋了捋。葵花用手捋着兔子，看见兔子的眼睛眯上又睁
开，还看见兔子浑身抖了两下，感觉跟风吹似的。葵花在抚摸
兔子那瞬间没有看田贵，好像田贵胳膊肘里的兔子是她家里饲
养的。葵花一边抚摸，一边招呼她的同伴们。葵花说，你们快
来看，多好玩儿的兔子啊。
　　一个伙伴靠前来，伸出胳膊也想摸兔子。
　　田贵不愿意了，抱着兔子扭到一边，说这兔子是要卖的，
兔子能这样你摸他摸的吗？
　　看她的同伴闪了脸儿，葵花说："不就是一只兔子吗？多
少钱？"
　　"你买？"
　　"买啊。"
　　田贵不相信地看着葵花。
　　葵花说："你的兔子到底卖还是不卖？不卖，我可走了。"
　　"卖的，卖的。"田贵脸上堆着笑，一边说，一边蹲下来。
葵花看见一个竹筐，竹筐里跑着好几只兔子。
　　葵花弯腰在竹筐里看了半天。
　　"买几只？"
　　"就我手摸的那一只。"

3

"一只？一只兔子怎么养啊？养兔子最少得有两只兔子的。"

"我就想买一只，谁说一只兔子不能养呢？"

一起来的姑娘们催葵花。她们说葵花你快一点儿行不行啊？我们要买的东西还有好多呢。

这个时候，葵花怀里已经抱着一只兔子了。葵花说你们走吧，我得回去了。姑娘们笑葵花，说葵花买兔子做什么嘛。

葵花把兔子抱回家，放进筐里，天天割青草给兔子吃。葵花娘说葵花就是长不大，整天忙那只兔子，一个姑娘家养只兔子像什么话！兔子是一窝，你单单养一只，这不是害命吗？

葵花把这句话听进去了。下次赶集，她在街上挤来挤去，果然又看到抱着兔子的田贵。葵花望着他，说她还要买一只兔子。

田贵也一下子认得葵花。田贵说："那天我对你说过的，买兔子最少买两只……"葵花说："那天我不想买，今天我想买了。"田贵笑了笑，不好意思地看一眼葵花。

葵花也看一眼田贵，掏出钱递给他，抱着兔子挤进人群。

3. 小镜子

年轻的脸上有浓浓的眉毛，大大的凤眼；凤眼，长长的，像小鹿的眼睛。目光就像两小片云，随风飘摇。

其实葵花第二次买兔子，是怀了一番心思的。上次赶集遇到田贵，葵花的确是一眼看上了雪白的兔子。葵花近前摸了一下兔子，让她的同伴也来摸兔子。这期间葵花不是没看田贵。田贵穿白衬衫，蓝裤子。田贵那张年轻的脸上有浓浓的眉毛，大大的凤眼；凤眼，长长的，像小鹿的眼睛。原本白净的脸被太阳晒过，显得很红。

葵花抱着兔子走在回家的路上，一路都是田贵的影子。她想知道田贵是哪里人，多大了，念书到几年级。其实这些都不是很重要，重要的是她能跟田贵说上话。

葵花第二次买兔子，掏过钱后，从口袋里掉了一样东西。那东西掉下来，田贵没看见。葵花付了钱，抱了兔子走开，田贵看见了。田贵看见它，先是被它耀了眼。田贵头歪了一下，才看见那是一件明晃晃的东西。田贵的兔筐遮上了一大片阴影，田贵抬起头看，是位胖大嫂，手里领着一个小孩。小孩嚷嚷着说我要兔子嘛，多好看的兔子。田贵顾不得招揽生意，他先把身子长长地俯过兔筐，把那面圆镜拾到手里，这才跟那位大嫂搭话。

那位大嫂看见田贵拾镜子，心里有些不耐烦，她站在那里看小孩摸筐里的兔子。田贵望一眼小孩，他的心已被两次来买兔子的那个女孩占满了。他看看手里的镜子，摸摸装口袋里头了。不知道那位大嫂什么时候扯着她的孩子离开了他的兔筐。

田贵喜欢兔子。田贵书念到初中不念了。家里大哥不如他念书念得多。大哥人很正常，就是老实。认识的人说他厚道，是个能够交往的人。有的人老实在内心，大哥田柱的老实是从里到外，一看就是老实人。他站在众人面前，只会受到众人不带恶意的嘲笑。田柱听到这样的嘲笑，也没有表示，只是咧咧嘴巴。

田贵停了学，够不上劳力，他天天割草，喂家里的牛，喂家里的猪。要不是养了几只兔子，田贵真是烦。兔子是亲戚家给的，田贵稀罕兔子，他天天割草回来，喂牛、喂猪，喂他的兔子。

田贵爹不喜欢田贵喂兔子，说一个男孩子整天只知道喂兔子，喂兔子能发家呀？

每天吃完饭，爹总是要说："筐拿上，割草去。"爹的这句话，田贵听得耳朵都出茧子了。好像爹只会说这一句，除了这句，没的说了。他本来不觉得大哥有什么可羡慕的。那些日子，田贵多少另眼看待大哥田柱。大哥从地里回来，该洗手洗手，该吃饭吃饭，真是不卑不亢，简直都有那么点儿英雄气概。田贵真恨自己怎么就小了两岁。如果到了十八，跟着社员下地劳动，干完活儿回来，也能像大哥一样，有模有样坐到饭桌跟前。那时候，家里吃饭就是那气氛。家里的劳力是最有理由吃饭的，像田贵天天割猪草，那就牛不起来；如果田贵贪玩，回来背上的猪草割得少了，那真是都没办法往饭桌跟前蹭了，抓馒头的手都要发抖。

田贵向往的十八岁刚到，土地全部下放到户。村里人忙着分牛、分马、分骡子、分驴，分犁、分耙、分耧，分晒麦子的推推车，分挑麦子的权把，分石碾分麦场，连同扫麦场的扫帚也分了。田贵想起童年时光，他和小伙伴们常常跑到饲养院去玩。饲养院跑着小牛娃小驴娃，跑着一群嬉笑的孩子们，可热闹了。现在，饲养院一下子空下来，只留两架胶皮大车晒在阳光下。饲养院的甩鞭把式没有了往日的神气，腰里也不见插着牛皮鞭子了。

田贵家分得的庄稼地，不比人家多，可也不比人家少。田贵家分到一头牛。田贵每天割草量升了一级，他割来的草不仅仅喂他家的猪、他家的兔子，还有他们家新分来的牛。他每天割草的次数多了，每次回来量也大一些。他爹说了，地下放了，自己给自己干活，不好好干怎么行呢？老大盖房子材料都齐备了，说盖就能够盖；缓两年，就该给老二盖房子。

爹这样说不看老大，也不看老二，他们正吃饭，爹就看盘里的菜。盘里是红薯菜，那甜甜的红薯，切成窄窄的长条，放上盐、辣椒，用油煎，甜甜的、辣辣的。

爹这样说，老大田柱没吱声，老二田贵也没吱声。但这样的话长了田贵的志气，他割草比往常显得勤快。

土地下放这一年，田贵认识葵花。田贵的兔子一个个喂得胖溜溜圆。田贵原先喂兔子，没想到要卖兔子赚钱。田贵的兔子从两只变成五只，变成九只。田贵吃饭前后都到兔窝看看，看它们一蹲一蹲地跑。

爹说："卖了兔子。"

田贵不愿意地看了一眼爹说："不卖。""不卖，留着你吃？"他爹说。田贵爹就这样说话，大哥田柱说话跟爹一样，不说话便罢，说起话来像扛了一把镢头。田贵当然不会吃兔子。田贵第一次提了筐上街卖兔子，又一只不少地提回家。他舍不得卖。他在街上哪里是卖兔子，一有人往他的兔筐跟前走，他的心就慌。他受不了那种心慌，提着兔筐回了家。

后来，田贵学会了卖兔子，还攒了一点儿小钱。这点儿小小的积蓄，让他储备了卖兔子的勇气。碰上葵花的时候，田贵对于卖兔，心里已经不是很难过了。但这不是说他与他养的兔

子没了感情，田贵把他对兔子的那份感情转移了，转移到来买他兔子的人。田贵像卖儿卖女一样，卖他的兔子。他相信他们买了兔子是带回家喂养，他对来买他兔子的人怀着友爱。

田贵遇到葵花，一个姑娘家买他的兔子，真是少见。街上大姑娘这个那个凑前看他的兔子，让他心里有一种感动，有一种满足。他没想到葵花会真买走他的兔子，那天，他只看了葵花一眼，目光就像两小片云，随风飘摇了。他将目光飘到街上的人群中，飘到他的兔筐里，就是没再飘到葵花的脸上。田贵只记得他好像还说了一句什么话来着，好像是要买就买两只兔子的混账话。

田贵晕晕乎乎地想葵花那张脸，火辣辣的太阳底下，葵花的脸是那样亮，那样扎眼。葵花又一次来到田贵跟前，给田贵付了钱，抱走兔子那一瞬间，田贵拾起葵花落下来的小镜子，他迷惘地望着葵花离去的背影，空落落的，像饿着肚子的感觉。

4. 田鼠

田鼠窝里有黄豆、绿豆、花生、玉米。它在土窝窝里做了土皇上。

葵花跟田贵成了亲。葵花家里原是不愿意这门亲事的。葵花娘看田贵不是很精，但人长得利索。就是田贵那个家，田贵家里有大哥，这本来跟葵花嫁田贵没多大关系；但葵花娘说田贵有这么一个老实巴交的大哥，总是没有精明的人当大哥好。这些又都是没娘的孩子，第一个去人家家里当媳妇，得操多少心啊。

葵花看上田贵，什么也不想，她要嫁田贵。田贵家的大哥，葵花见过。葵花跟田贵认识以后，每次赶集他们都见面。有一次，葵花在路上碰巧遇到田贵，田贵还跟着一个人，那人一见葵花窘住了。看见田贵跟葵花说话，他头一扭快步走了。

葵花跟田贵见面，好像也没的可说。田贵拾到葵花小镜子的事情，已经给葵花说过了。葵花听了高兴地笑了，问田贵要她的镜子。田贵说一个小伙子，身上怎么会装一个姑娘家才用的小镜子呢？葵花问田贵刚才跟他的人是谁，田贵说是他大哥。葵花觉得田贵大哥人憨厚，在心里暗暗把田贵的大哥当自己的大哥了。

葵花嫁给田贵，一天天跟这个家熟悉起来。

那年，田贵家老三田祥十四五岁的样子。田贵家老三跟他家老大田柱可不同，村里人看田贵家老大田柱多实诚，就看田贵家老三田祥多滑头。说某个人滑头多少带些儿贬义，但这贬义没有恶意，最多也是开玩笑，说这个人过于聪明。田祥就是这样的一个聪明人，他说三就开始想四，让人有些受不了。

但田祥很得家长疼爱。娘去世了，爹就更爱田祥了。

　　田祥不服管，他不上学，也不在家里头待。他知道待在家里头，有干不完的活儿。田贵天天割草，现在他停学了，他才不想去提筐割草呢。

　　他跟村里伙伴们偷着把家里的水桶提走，去地里头灌田鼠；如果村里小孩子手里提着细绳，绳端系着田鼠，不用问，就是田贵家老三田祥带的头，从地里头灌的。小孩子手里的细绳一端系的田鼠，在跑；两小孩手里各自提着田鼠，将它们放在一块儿对打。

　　对于灌田鼠，村里人是欢喜的。女人们说，田鼠是坏东西，作害人，让娃娃们灌它们出来，把它们一个个全灌出来，烧它们吃了！田祥带娃娃们灌田鼠，从田鼠窝里挖出好多食物，比如黄豆、绿豆、花生、玉米。它吃的全都是人吃的东西啊。这田鼠不灌它出来，真都在它的土窝窝里做土皇上了。

　　田祥带一伙男孩子上树掏鸟窝。农历八月十五，田祥跟一群伙伴谋算苹果园。果园里头一个比一个红得发透的苹果，太阳光下，像《西游记》里头的人参果子。田祥跟小伙伴喜欢看《西游记》。土地下放后，村里的电视机从一台，到两台、三台、五台，一年比一年多。先是黑白，后来有了彩色，再后来，电视机变得越来越大。

　　田祥家里没电视机。他晚上在一个有电视机的伙伴家里看完电视，睡在了伙伴家的西房。田祥跟他的伙伴说孙悟空、猪八戒，一边说一边比画。他们说一回笑一回，肚子都笑疼了，直笑得在炕上打滚。他们不知道什么时候睡着了。太阳高得照了屁股，他们才醒来。田祥醒来，估摸快到吃饭时候，他不愿意这个时候回家，等家里人吃完饭，等他们都上地头了，田祥从墙头跳进家门，把桌上剩菜剩饭，一股脑倒进他的肚里。田祥吃饭跟小猪一样，吃得真香。

5. 偷苹果

挂在天空的圆月，像硕大的蓝宝石上的一小块儿黄玉；到处是蛐蛐鸣叫，蛙儿歌唱。

田祥他们去偷苹果，周围是尺把宽的土墙，他们跳过土墙才能进到苹果园里。那墙头两米，田祥他们先是两个扛一个上去；然后一人伸胳膊，一人在下面扛，第二个人就上去了；两人骑在墙头，一人伸一条胳膊，第三人荡秋千一样上了墙。每组留一个人骑在墙上守着，其余人翻墙跳下去。挂在天空的圆月，像硕大的蓝宝石上的一小块儿黄玉；到处是蛐蛐鸣叫，蛙儿歌唱。

田祥他们在这清凉的八月晚上，闻着苹果浓浓的香气，充满期待地想着就要吃到苹果了。那时候，家里来了亲戚也吃不到苹果。田祥不记得他爹给家里买过苹果，甚至都不记得苹果什么滋味。家里的果实是熟了的茄子、西红柿，辣椒也是一种，南瓜也是一种。但你不能把辣椒放在嘴里吃了，把南瓜咬在嘴里吃了。田祥拿一个熟了的紫茄子，咬一口，再咬一口，像吃面包一样，一个茄子就没有了。田祥好像也不只是想吃苹果，才在这八月之夜来到这苹果园。田祥就是玩这样的刺激，如果这不是苹果园，是枣园、桃园、李子园，那田祥这个晚上偷的就不是苹果，而是枣儿、桃子或者李子。

田祥留在墙头，看着伙伴们一眨眼进了苹果园。他听到窸窣的声音，像细雨沙沙沙。天上的月亮是安静的，清澈迷人。突然，狗狂吠，窸窣声一齐停下来。田祥用手支起喇叭，暗着声喊：蹲下，蹲下！

喊声刚落，苹果园里头蹿出六七个黑影，仓皇地跑向墙根。狗叫声猛烈地逼过来，越来越近。一瞬间的事情，先是每个人摘的那几颗苹果，隔着墙过去了，墙底一人顶，墙头一人拉，墙头一人变成两人，两人变成三人。那狗已经扑到了墙根前，前爪子扒着墙直想往上蹿。

田祥一伙在狗汪汪汪狂叫声中，仓皇翻过墙头，拎着系苹果的衣服裤子，不歇气地在玉米地跑。狗叫声渐渐地隐去了，他们一屁股坐下来，从衣服裤子里掏出一个个苹果润嘴巴。

6. 东风车

神气什么啊，明天我也买一辆回来。

田贵家把他们家麦地挖成焦窝子，炼土焦。田贵家不是村里第一家炼土焦，他们看村里那些炼土焦的人家赚大钱，也将自己家的麦地往下挖一米多深做焦窝，开始炼焦。

这年，葵花有了女儿穗穗。

有一天，田祥出现在地头。田祥可以三天五天跟家里人不见面，这天，家里人看见地头出现的田祥，就像看见久违的一个亲戚。

他们发现田祥天天来，田祥参加到他们的劳动当中。

爹很高兴。他想这可是个好兆头，炼焦这事情真能把他最不服管教的小儿子唤回来。

田祥穿黄色军用裤。十八九岁年轻小伙儿，学时髦，穿宽筒裤子。老年人就说，这宽裤把人都给穿扁了。

兄弟一个家住着，个人的打算却装在自个儿脑壳里，谁也不过问谁。可田祥偷人家苹果园，可不是在大田野地里灌田鼠。有人问田贵，说你家老三可得管管，带一伙人偷人家苹果了。田贵听了很生气，他不是生田祥的气，他生气给他说这话的人，他想这话说给田祥得了，说给他有什么用呢？

田贵回家说给葵花。葵花急了，说那你可得管，可别再做这样的事情了。

你就当我没说，爹都管不了，你行？

葵花听田贵这样说，急了。她说田祥是谁啊？你兄弟啊。你亲兄弟你不管，谁管啊？

田贵说你少管,这小子谁的话都不听。

葵花没在田祥跟前提偷苹果的事情,她怕田祥不好意思,一个大小伙子,说他偷人东西,这样的事情不好说。葵花想起了她自己五岁那年,看见亲戚家里的橡胶红公鸡,捏一下,吱一声;捏一下,吱一声。她实在是喜欢。临走时候,她就把那只公鸡拿到她家里了。葵花想着这个就笑了。

田祥穿着裤腿能塞下一只小羊的宽裤,在地头这头儿走到那头儿。田祥这样在地头儿奔忙,是一种新奇驱动着他,如果这里是麦田,是棉花,他是连看也不看的,田祥最烦的就是割麦子、摘棉花。田祥三天五天不着家,就是不肯在地里露脸,爹让他到田里割麦子,或者摘棉花,田祥说那样还不如死了。

现在,地头不是麦田,不是棉田,是半人深的焦窝、炭窝。这里没有锄头耙耱,这里是拉煤的车、运焦炭的车。

田祥喜欢看见车,那是东风车,东风车一来,田祥就在车门跟前这里看、那里看,看着看着就坐上去了。

他才坐上去,司机就搡他下来。

田祥从车座上下来,田祥说:"神气什么啊,明天我也买一辆回来。"司机对田祥很感兴趣。司机说:"这小子口气蛮大的,明天真能买一辆车回来?"

田祥说:"那可不!明天我买了回来,你的车就不用来这里干活儿了。你这辆车老牙儿了。"

司机当真注意田祥。司机说:"车老板那里这两天缺人手,愿不愿意来?"

田祥听了,一下子蹦到司机跟前,一把握住司机手。他说:"去,怎么不去?"

司机说:"给你爹说说?"

田祥说:"不用。我的事情我说了算。"

那司机还是问田祥爹了。田祥离老远看他爹把头点着,田祥看那司机走向车，近了，田祥问司机："问老掌柜了？"

"问了。"

"怎么说？"

"同意了。"

"我就说嘛。我今天就跟过去？"

司机说，他还得跟他的车老板招呼一声。田祥一屁股就坐上车了，田祥说走吧，有那么麻烦吗？今天就带我去见见你的老板。

田祥学车一年，考了驾驶证。

田祥是一个地道的驾驶员了。

7. 说亲

心里像花朵一样绽放，暗暗地等着好消息。

田贵家像村里好多家一样，炼土焦并没让家里光景发生太大的变化，不是炼出来的土焦卖不出去，就是卖出去要不回来钱。才几年的工夫，个体经营叫得很响，人们的手脚全放开了，到处兴建铁厂、铸造厂。可是，这种土焦，国家不提倡，炼焦得有高高的烟囱；村里果真有高高的烟囱耸起来，那烟囱也不知道多高，仰起头，看那烟囱，越高越细，直钻到天空里头了，跟天上的云朵都要接上头了。

田贵家决定不烧焦了。也不是田贵一家不接着烧下去，还有很多家把土地搞成焦炭窝子的村民都不烧焦了。村民也不是不搞，是搞不起来。只建那一根烟囱，得七八万！田贵家哪里有那么多钱呢？田贵家一万元都还没有，田贵爹说家里如果再有一万元，光景就好过了。

这话田贵听出味道来了，爹的意思是说他住的房子，值一万元。当年，一万元就能盖起来一座好房子，葵花嫁过来，葵花娘心里最踏实的就是田贵家这房子。在田贵爹看，整个家就只有这房子最值钱，像田贵爹说的家里如果再有一万元，给大儿子田柱娶了媳妇，家里的日子就好过了。爹不发愁田祥。田祥的媳妇还用愁吗？田祥长得多俊啊，田祥的个子长得多高啊。田贵不说话。这房屋，葵花出嫁的时候，家里答应葵花娘给葵花住。

葵花当娘了，不像新过门时候，在家客人似的，现在，葵花是这家的主人了。田贵怎么会想到当年葵花会嫁给他呢？田

16

柱娶不来媳妇，都吓怕没结婚的田贵了，田贵常常想，如果他也像他的大哥呢？

田贵比大哥幸运，他娶了葵花，村子里的人有的替田贵高兴，有的都在忌恨田贵了。田贵一个老实巴交的庄户人，怎么会娶了漂亮的葵花呢？葵花还是读了书的呢，她最少也嫁个村支书的儿子才对的。当年，田贵娶葵花，如果不是葵花的好模样，田贵爹才不愿意急着把二儿子婚事结在大儿子前头，更不要说将家里最值钱的房子给田贵做新房。这样，大儿子田柱的媳妇就更麻烦了。这事儿，田贵不去想很多，葵花却是记着的。她对大哥是和气的，她下决心要给大哥相一门好亲。太阳一出来，又是一天了，葵花为大哥的婚事着急。她托亲戚邻居给大哥说媳妇。好几次，大哥跟女方见过面，再问，就没有消息了。葵花心里难过。

这两天葵花有些兴奋，邻居的一个远亲，她见过的，人挺伶俐，只是是个跛脚，和大哥在邻居家见了面。葵花看出来，那跛脚女人对大哥是有些意思的，葵花心里像花朵一样绽放，暗暗地等着好消息。

那女子果然同意大哥。只是，那邻居看着葵花为难地说，只是那女子说了，结婚的房子……葵花进来，眼睛一直含着笑，话说到节骨眼，葵花脸上的笑隐了一下，又堆上来。葵花说让邻居嫂子传话给那女子，如果她真心愿意大哥，这房子归大哥。

葵花跟爹搬到旧房子住，旧房子房后没檐，屋顶的椽，一根根细棍子似的，四间开两个门。葵花住两间，爹住两间。

大哥田柱娶回了跛脚女子。这个家有大嫂了。

8. 摩托车

骑着摩托车风一样回来。

大哥田柱娶了媳妇，身上的衣服齐整一些了，走路却低着个头，像欠了人什么似的。

田柱觉得欠田贵和葵花，这房子田贵结婚时候，应允给葵花了，大哥是知道的。大哥田柱跟他的跛脚媳妇翠娥说不到一块儿，田柱说爹住那旧房子，就让他住着，让田贵葵花也住那旧房子，田柱觉得脸上无光，再说葵花结婚原就结在这房屋里的。

翠娥不听田柱的话，翠娥说田贵媳妇既然做了好人，那就得继续做下去，现在再让他们搬回来住，如果田贵媳妇不承认说的话怎么办呢？

田柱回答不出来。

田柱媳妇翠娥要分开过，爹也说让分开过，爹这样说有爹的想法，是为葵花好。以前一大家是葵花在家里忙。现在，有了老大媳妇，真是了却爹一大心病，让他们各自过日子，少了许多话说。爹看新过门的老大媳妇是个不厚道的人，如果强摁在一块，不知道哪天会生出什么事端。

葵花女儿两岁了，爷爷、爷爷地叫着，他心里是欢快的。他常常抱着孙女，看着孙女跑，看着孙女抓着土玩。葵花一门心思照顾她的小家，照顾爹。

老三田祥也长成小伙子了，他开长途汽车，十天半月回一趟。葵花看待老三田祥跟大哥不一样，大哥是比葵花大的大哥，田祥不一样。葵花把田祥当小孩子看。她给田祥买裤子，买袜子。葵花买回来也不自己给田祥，怕田祥难为情，她让爹给田祥。有一次，葵花在路上，仰面看见一辆大车，看见大车的窗口伸出来一只手，朝着葵花猛摇。

那是田祥。葵花看见他穿着她买的衬衣。

现在，家里一人一亩的口粮田，不够爹跟田贵种，田贵就跟葵花商量出去打工，说村里好些人都出去打工了。田贵说靠家里这点儿地，什么时候才能像个人样儿啊。

田贵说的这些，羡慕人家有摩托车。村里稍好一点儿的人家都有了摩托车。田祥回来，就骑一辆摩托车。爹看见田祥骑着摩托车风一样回来，说又骑人家谁的摩托车，不要骑坏了人家的车！

爹嘴上责备老三，心里是滋润的。

田祥说，爹，你等我买了小车，让你坐。

爹张口大笑了，说等你买了小车，爹早死几百年了。

9. 传销

胸前背后那几个硕大的绿字扭来扭去的，像背后插了根稻草。

村里出去打工的人，去城里的建筑队，去越来越多的厂矿。现在烧焦不像以前叫焦窝，叫焦化厂，有的厂名后头还写着有限公司的字样。上地头儿干活儿的人们，看见新建的铁厂、水泥厂、洗煤厂，厂名都是一长串的，一路看过去，里面是一脸煤黑的人，在厂里来来往往。现在，种地的人上午在田间务农，下午穿上工作服到工厂，就是厂里的一名工人了。

田贵在邻村的一家焦化厂里做工回来，浑身的衣服像花猫，这里一小片黑，那里一小片油。田柱也去打工了。田贵回来告诉葵花说他在厂里碰上大哥了。

葵花不愿意田贵去打工，自个儿力气不使在正经事情上，整天为工厂打工。葵花有些想不通，她又一下子想不出让田贵待在家里做什么。人家有焦化厂，有铁厂，有水泥厂，他们家什么也没有。他们能给自己做什么呢？

村里的女人也一个个试着去厂里打工了。她们一个个穿着工作服，那工作服，蓝的粗布，上面打着小字；那小字，红色，弯成半月形，是什么什么焦化厂，什么什么水泥厂。葵花看见她们来来去去穿在身上的工作服，看着那红色字样，想起村里人搞传销，那些刚从学校毕业的小伙子，找不来工作，又不愿意务农，加入传销的队伍。夏天，葵花看见搞传销的人一个个穿着上面写着"某某口服液"字样的白短袖，胸前背后那几个硕大的绿字扭来扭去的，给人的感觉真是不好，像背后插了根稻草，自卖本身。

村里人种庄稼不像以前上心。为了出去打工，他们将一年种两季田，种成一季田。家家户户的农具扔进旮旯儿里，以前灿亮的锄头，生出了厚厚的一层红锈了。掘玉米秆的镢头寻都寻不着了，那木犁，劈成一片一片的柴火，填进了火红的灶锅，生成一股子白烟，从烟囱冒跑了。他们把种地不当回事儿，麦种下地，除草剂代替了锄头。麦子熟了，收割机将麦子装进袋子。麦子仅够家人的口粮，村人们主要靠打工过日子。村里的女人听男人话。男人说种地不养家，她们想想也是对的。男人说化肥钱，犁地种地钱，浇地的水钱，还要买除草剂，这些加一块儿算算，受苦不算，还要倒贴钱进去，女人们头点得像鸡啄米，连声儿说：对对对。其实，女人们心里藏着话。她们轻省了，不用到地里劳作。眼下，新婚的女人不认识自家的地头，男人在外头打工一个月就是一年的口粮，谁愿意一脚水一脚泥种地呢？

葵花在娘家没下过地，到了婆家，最多也就是割麦子。葵花在地头割麦子，田贵说葵花还是在家做饭吧。葵花说她要下地割麦。葵花想起娘，在葵花眼里，娘总是忙，做熟饭刚端起饭碗，下地的钟声敲响了。娘放下饭碗，吩咐葵花大哥二哥看葵花吃，带葵花上学。娘一边说话，一边快快地穿了一个衣袖子，再穿另一个衣袖子，扣着衣扣，一脚撩出门槛，从屋外墙头摘下草帽，锄头就扛在肩上了。娘半空着肚子，一股风似的出了大门，那真是比得上行军打仗。

下地割麦的第二天、第三天，葵花手脚的筋像被人生拉硬扯般疼，葵花尝到种地的艰难。但葵花憋了一股劲，她想，娘一辈子种地，不还好好的吗？现在，她就是当年的娘。田贵不让她到地里干活，她就不去吗？她不到地里干活，在家做什么呢？

田贵打工后，地里的活儿，爹和葵花做。

10. 田野

　　田野里无垠的麦子，黄灿灿的油菜花，到处是杨树柳树柿子树。

　　这天，大嫂翠娥过来招呼爹。翠娥进院门的时候，葵花正在收拾碗筷，爹在喂孙女穗穗吃饭。

　　翠娥进门，说："哟，穗穗在吃饭哪。"

　　葵花停下手里的活儿，叫了一声嫂子。

　　翠娥像是没听见。她看院里的辣椒，说你看爹种的这片辣椒多好！

　　哪来的一只狗，嗅着鼻子，在门口探头探脑的。

　　爹站起来，似乎要撵狗。田贵的兔窝里有兔子，不能让狗靠近兔窝。

　　翠娥说："爹你别走，我有话说。"

　　爹站起来，腰没伸直呢。他在听翠娥说话。

　　翠娥说："田柱见天打工，我们家的那点儿地，得靠爹打理。田柱比田贵差老远了，我腿脚又不方便，更比不得葵花，只有爹多操累些。谁让爹生的儿子多呢？"

　　翠娥觉着话说得生硬了，将腿跛了一下，又说："儿子生得多，有多的好处，等你年岁大了，我们不是都得养你老吗？"

　　爹把头低下来，没说话。

　　翠娥把手放在穗穗头上，穗穗仰头看一眼翠娥，放下饭碗，扑到葵花怀里了。

　　葵花说："叫大娘，那是大娘啊。"

　　穗穗在葵花怀里扭过头，"不叫，不叫。我跑倒了，她站在那里笑我！"

　　翠娥被小孩子的话说得有点儿恼，回转身，看着爹说："话我是说了，帮呢，是把自己的儿子当儿子；不帮呢，就是把儿子当路人了。"

　　爹气得一屁股坐下去，望着风一样往门外走的翠娥的背影。

　　葵花为难地看着爹，她说："大哥上班，爹就帮帮大嫂。大嫂就是不来，该帮忙的时候，爹还不是照样帮啊。"

　　爹一脸忧愁，"咳"了一声。

　　地一年比一年不得村人们的心，村里好多家的麦地，不是给了别人，就是把地撂荒了。种了半辈子庄稼的中年人，也不种地了，他们一个个出去打工，拿月工资了。

　　葵花天天到地里干活，握着镰刀锄头的手不再像以前那样疼了。葵花做姑娘时没有下地干过活儿，但她跟土地是有感情的。星期天跟娘去地里玩儿，站在刚割完的麦地里吃熟透的杏、熟透的桃子。卖杏卖桃的老婆婆把杏和桃子挑到地头，娘买五分钱的杏给葵花。葵花吃完，又要吃桃。葵花娘小声骂卖杏卖桃子的老婆婆，说这个卖杏的死老婆子，买了你的杏，不走，还得买你的桃吗？

　　葵花吃着杏吃着桃，跟伙伴们钻玉米地。他们在玉米地里藏猫猫。葵花娘站在地头喊葵花，葵花娘说，看你不出来，玉米地里有狼！葵花一伙就一个个从高而密实的玉米地里钻出来。葵花记得在渠里走水，水流过脚背，淙淙地响。葵花站在水里，觉得自己轻了许多。男孩子在加固渠，女孩子在捋芝麻叶子，说芝麻叶子可以洗头的，芝麻叶子洗过的头发像抹了油一样光滑，乌亮亮的。

　　葵花想当年站在芝麻地里，比地里的芝麻棵子略高一些。

　　现在，葵花走到地头，看着大片大片撂荒的土地，心里是难过的。眼下，一年的麦子快要成熟了。这是谁家的麦子？狗

尾巴草也比这地里庄稼高些。麦地里的草跟麦子一块儿生长。葵花想这样种地不如不种，让地歇着养精神。葵花一边走路一边想，她眼前出现她做姑娘时候，田野里无垠的麦子，黄灿灿的油菜花，到处是杨树柳树柿子树。

11. 芦苇

席子编出来的纹路，像海水打的波浪，闭着眼，你
都觉得自己是漂着的了。

葵花家乡的芦苇，十里八里，那真是家乡的风景啊。每年
春天，芦苇露出尖尖角，小牛角一样，又像鹰嘴。芦苇长高了，
高到两三丈，成熟了，收割了芦苇，将芦苇一根根剖开，编成
席子，铺在炕上，躺在上面，那席子编出来的纹路，像海水打
的波浪，闭着眼，你都觉得自己是漂着的了。

葵花出嫁，家乡的芦苇一年不如一年。芦苇地先是一年比
一年干旱。再旱，芦苇也是要长出来。葵花回娘家，路过芦苇，
常常会蹲下来，细细看芦苇挣扎着往上长。地皮都挣破了，葵
花似乎听到了芦苇的叫喊。葵花替芦苇伤心，想以前山涧的水
真多啊，夏天，山水雷吼一般咆哮着滚滚而来；山水呼啸着过
去，田间一片汪洋，芦苇地里水波荡漾。葵花记得村里用井水
灌溉芦苇，清清的水，咕嘟咕嘟流进新长出尖尖角的芦苇地，
紫红的芦苇，在太阳底下泛光。

没有山水的芦苇还是长高了，也壮实。一根芦苇能卖到五
分钱，五分钱能换好些杏，好些桃子。这地里有多少芦苇啊，
地里头的芦苇棵子数得清吗？葵花骄傲地想，只要有芦苇，她
的家乡不会少杏，不会少桃子给她吃。葵花出嫁后，芦苇的苗
苗不像以前绿了，也比以前矮了，细了。成熟芦苇棵子都像是
黄毛丫头的小细辫子，芦苇再也长不到丈把高了，但芦苇地每
年都还在。哪一年雨水充足，芦苇会绿一些，长高一些的。

有一回，葵花走在回娘家的路上，光光的土地上，不见了

芦苇地。葵花惊讶地站在路边，芦苇被铲掉了，原来的芦苇地中间开出一条大路，大路两旁，各家各户一家挨一家盖了小房屋。很快，这大路铺成柏油路了，各家的小房屋出租给饭店、摩托修理店，有的家户把分来的芦苇地用做煤场，上面堆着很大一堆煤。

葵花为芦苇地愤愤不平。以前，芦苇地是全村的副业，是全村人们的日常用度。现在为了开各样店面，铲掉了芦苇地了。比起店铺一个月的租金，芦苇地就算不得什么了。葵花走着，一路生着气。她看见路边的麦田被煤黑污染了，那麦叶儿喝着煤灰，不到尺高，黄梢了。她葵花想到村里的女人天天凑在一起玩麻将，年轻女人玩麻将在麻将场吵起来，玩得都生了腰病了。

12. 打线包

> 一个蓝色的粗布小包，长长的带着白粉的棉线就一线地出来，放在要打线的位置，两头扯住，摁下，中间上拉，"啪"的一弹，一条白印出来了。

现在，农家不像以往盘炕，他们不要土炕，他们家里是床。床上没有放针线笸的地方，女人们不用做针线，集市上不见卖针线笸了。女人用的针线笸，不是割草用的草筐，不是担粪用的粪筐，女人用的针线笸，用细致的条子编成，圆形，窝底。那条子一条条密不透风，编成的针线笸用漆漆成喜欢的红色或者绿色，笸筐里头放的东西可多了。笸筐里有粗黑线、粗白线，有剪刀、尺子，还有打线包。那剪刀是王麻子牌的，葵花听过多少次磨剪子抢菜刀的吆喝声。那尺子，是竹尺。打线包，是一个蓝色的粗布小包，巴掌大，里面装了石灰粉。如果家里有小孩在学校里念书，娘吩咐小孩子跟老师要两根粉笔回来装打线包。小孩子不愿意。他说怎么可以跟老师要粉笔呢？那么多的同学，你要他要，还不把学校里的粉笔要完了。娘骂这孩子，说过年做新衣服，不给他做，看他穿什么。小孩子不吭声，弯身把鞋拾了，光着脚一溜跑出院子才穿上，唧哝着去了学校，放学了给娘拿回来粉笔。娘将粉笔碾碎了，装进打线包。打线包里头装了粉，纳棉衣或者裁剪衣服，拉着那粗棉绳的头，长长的带着白粉的棉线就一线地出来，放在要打线的位置，两头扯住，摁下，中间上拉，"啪"的一弹，一条白印出来了。有了这条印，纳棉衣的针脚就不歪了。

笸筐里有纳了半截的鞋底子，那鞋底的针脚，大米粒样的，

雁行，也叫"梅花丁"。箩筐里有纳鞋底的线索子，有拔针的钳子。拔针钳子是铁本来颜色，在手里用了多年，汗润湿进去了，乌金般地光亮。女人纳鞋底子的针拔不出来，手心里直冒汗，你的心急躁得想骂人，用它，轻轻一拔，针就出来了，线跟在针屁股后也出来了，省心又省力。女人纳鞋底，口袋里头装了剪成一节一节纳底的棉索子，装了这拔针钳子。

葵花最喜欢箩筐里的碎花布的小包袱。这个小包袱，是蓝印方格子的粗棉布，一布角用红布包了，带着一根粗棉线，粗棉线末端系一个小小的、黄灿灿的铜钱。包包袱先包三个角儿，剩下带铜钱的角儿，那粗棉线在包袱上缠绕三两匝，用那黄亮的铜钱，别在缠紧了的粗棉线上。这个小包袱包成小枕头模样儿，主人要找碎布片或者鞋样，拿掉别着的铜钱，包袱就地一打滚，散开了。

箩筐里除了女人们日常用的，还有男孩子这里那里丢的铁蛋，有女孩子各样的沙包……葵花一边走，一边想起这些。现在女人的东西是什么，是擦脸的粉，抹脸的油，是描眉毛的笔，是画唇的口红。

她们画唇画厌烦了，去美容院做成画出来的眉毛，做成画出来的双唇。她们将眼睛做成双眼皮。家里的裁缝机早不在窗前摆了。衣服哪里刺破一个小口，她们左寻右寻寻不来一根针。针离她们远了。现在的女人一个个成了光和尚。她们眼里只盯着男人口袋里头的钱，她们坐在一起不比哪个活儿做得细致，只比哪个男人赚的钱多，哪个女人身上的衣服穿得更好。她们比完衣服，比鞋子，身上全是现成的。她们出来在村口站着，她们两手搭在一起，要不就两手插在口袋里。以前的女人很少有两手插在口袋里头的，特别是女人。有女人两只手插进口袋里，其他的女人就笑她说她像个干部，笑完回家，女人跟自家男人学她们在巷里看见手插在衣服袋里的女人。老年人念叨：

"五黄六月打逛，十冬腊月见了你那死样儿。"这是句顺口溜，是说五月六月的暑天，女人不敢松懈手头的活计，要不十冬腊月天，是要挨冻的，孩子们会跟着你受罪。葵花小时候在学校里念书，常常有小孩子穿不上棉鞋，冻破了脚，为了两只冻脚，书不能念了。女人们轻视那手插在口袋里的女人，一屋里的孩子，你还顾得打闲游逛吗？你让一屋里的孩子露屁股吗？

现在的女人个个都是做干部的样子，可她们又不是干部。她们是什么，说不上。但两只手插在口袋里的女人，偶尔看见一个女人在纳鞋底子，她们不是笑，是用另外一种眼光看着。她们看半天，憋不住问：你说做鞋谁还穿啊，小孩子也不穿手工做出来的鞋呢。

葵花家的院子里，太阳照着的墙上，贴着葵花学着糊的布片。葵花没时间跟她们一块闲聊，她不是跑地头就是窝在家里。村里跟葵花前前后后嫁过来的女人，她们说葵花窝在家里做什么呢，葵花笑笑，她想起糊的布片，想起剪的鞋样。这些天，葵花老想着喂猪。葵花去娘家的路上，路过一个养猪场，还没走到跟前，就听到一片猪的吼吼声。

13. 分牛

细的长长的柳叶眉，但那眉似显非显，像一股浓烟
被风一吹，原来的那点儿淡颜色，越加散淡了些。

家户屋里现在很少养猪了，早先分的牛，一家家也全卖了，
他们地都不要，要牛什么用呢？葵花家的牛留着。田贵上班，
葵花天天到地里割草喂牛，喂家里的兔子。田贵说要卖了牛，
他说村里的牛卖得没几家了，葵花不同意。田贵下班，头一件
事情是背着草筐替媳妇割一回草。

老大田柱家的地，不是爹帮着翠娥种，是爹一个人种。田
柱不能说翠娥，一开口，翠娥就说田柱老实。翠娥说村里女人
不去地里干活又不是她一个。

田柱说你就不看看葵花，葵花不天天上地里吗？

翠娥一听葵花就火烧心，她说："你少给我提葵花，你以
为葵花天天上地头是真的干活啊，那是做做样子。田贵在外头
赚钱，爹给他们种地。你以为你们家那个狐狸精耍的把戏，我
看不出来啊，她能哄别人，可哄不了我。我就是不下地，我看
你爹不给我种地！"

田柱看着翠娥，说："你怎么不讲理啊。葵花天天去割草，
我碰上不是一回两回了。你不长眼睛啊。你怎么说人家葵花是
哄人呢？她哄人，她脊背上的草筐也哄人？"

"原来你是心疼你们家葵花了，你心疼你去帮着人家背回
来呀。我知道你的人在这个家，心早不知道飞哪儿了。你是胳
膊肘往外拐啊，你去呀，你再去他们家里做长工啊。"

田柱气极了。他一个姿势站着，愤怒地望着翠娥的脸。翠

娥的眉，是细的长长的柳叶眉，但那眉似显非显，像一股浓烟被风一吹，原来的那点儿淡颜色，越加散淡了些。翠娥是长脸，脸越往下，越窄一些。田柱看着她，嘿了一声，扭头往外走。

翠娥看田柱真要走出门去，说："去吧，去给葵花说，牛肚子里怀着的犊儿，生出来，还要分我们一半呢。"

田柱或许听见翠娥说的话了，或许没听见，不管田柱听见没听见，田柱都不会去葵花家里见葵花。田柱娶了媳妇，很少去见爹，他过路看见他们家的旧房子，脸上就发烫。至于让他说牛犊子生出来，卖了钱，分他一半，就是把他打死，他也说不出那话来。分家时候，是翠娥先提出来不要牛，爹说他也不要，那牛才分给了葵花。当年家里分这头牛，掏了三百块，分家时候，葵花给了爹一百块，给了大哥一百块。这牛就是葵花和田贵家的，现在那牛都不是爹的了，哪里就成他田柱的了？每年，爹使唤牛，耕了爹的地，耕了葵花的地，连他田柱的地也耕了。这已经是人情了，哪里能要将来生出来的牛犊子卖的钱呢？那是人说的话吗？

田柱刚下班，又往厂里头走。工厂快开到他们家门前了。田柱走在路上，头低着，拉着脸。葵花一手拉着女儿穗穗，一胳膊挎着草筐。她们原本是走在前头，田柱没看见，低着头，超过葵花娘儿俩，还是一直往前走，直到葵花喊大哥，穗穗大伯、大伯地叫，田柱停下来，看见葵花，更狼狈了。他像做错了事情一样，站在葵花面前，没话。葵花看着大哥，葵花说，"大哥上班啊？"

"哎！"

田柱答应了一声，看着穗穗，他的眼神温和起来了。他蹲下，手伸出来，摸摸穗穗的手，又忽然站起来，扭头快步走前去了。"娘，大伯哭了。"穗穗说。

葵花听见穗穗的话，没回答，眉头皱了皱。

14. 浇灌

一双粉色的拖鞋。那粉是浅粉，洗得一尘不染。白色袜子，崭新的，雪一般地扎眼。

这是条小路。葵花拉着穗穗，走在地头。这里那里的麦子发着黄，那黄，不是成熟麦子的杏黄色，是没劲气的焦黄，那麦叶上长了褐色的斑。葵花真为这些麦子担心。葵花想女人脸上生了这了那了，她们生法子要让脸干干净净，漂漂亮亮；地里的麦子，成病秧子了，她们咋就不来地头看一眼呢？

葵花拉着穗穗看见大哥家的麦子了，紧靠爹和老三田祥的麦子地，是大哥的麦子地。大哥的麦子还算旺势，但还是没葵花田贵两口子的麦子好。葵花地里的麦子绿油油的，她每年都施肥，每年都浇灌。葵花与女人一块说道，说着说着拉到葵花家大嫂翠娥了。那女人说："翠娥，就是你家大嫂，真是享福人，坐在家里，地种得也不差，要说差，只是比你葵花家的差些。"

葵花笑笑。

那女人说："你知道吧，你大嫂一肚子意见哩。那天，几个女人路过地头，你家大嫂看见她家麦子长势不如你家的。你大嫂都破口大骂了，骂你爹偏心眼。"

葵花打着岔，走她的路了。

现在，葵花细看大哥家的麦子，还真不如她家跟爹家的麦子好。葵花回家问爹。爹刚吃完饭，蹲在那里，抽着烟。爹抽的是旱烟。爹听见葵花问他，眨巴着眼，不吭声。

葵花把洗好的碗放进柜子里，回头又问爹。爹说大哥的麦子长势够好的了，说着，又叹了口气。爹说："你大哥的钱，你大嫂管。你大嫂不让给地里下肥，不让给地浇灌，地里的麦子能长得好？"

葵花心里的鼓敲响了。葵花去找大嫂。葵花在门外喊了大嫂两声，再要喊，大嫂撩开门帘，露出半个身子，说："稀客啊，什么风把你给吹来了。"

葵花进了屋。屋子跟葵花在这里的时候完全不一样了。娶葵花时候，五间房，葵花住西头两间，东头三间爹住。现在，五间房打通，大嫂住东头三间，西头两间做灶房。屋地，是新铺的水泥地，刚拖过的样子，洁净如炕席。翠娥脚上趿一双粉色的拖鞋。那粉是浅粉，洗得一尘不染。白色袜子，崭新的，雪一般地扎眼。

大嫂看葵花打量屋子，她把头扭向镜子，顺手从梳妆台上拾起梳子，将梳子搭在原本就顺溜的头发上不紧不慢地梳两下，在镜子里看见葵花回头打量自己，等着跟她说话。

翠娥的嘴唇撇了撇，转过脸，慢慢地坐下，手在膝盖上抚了一下，也摆手让葵花坐下。

葵花说："大嫂把屋子收拾得可真干净。"

大嫂说："啥干净，比不得你勤快。"

葵花不说这些，葵花说种地。葵花说："大嫂，种地可不要舍不得花钱。听爹说，去年你那两亩地没施肥，也没浇灌？"

"傻呀？一村人有几家人在种地？有几家人费老劲给地里施肥呀？"

"你看，地就缺那点儿劲，今年你那两块地，就没我跟爹的好。"

"是呀。你们谁跟谁呀。你们一家人，连地里的苗也亲兄弟似的。"

"大嫂，你这话说的，这不是说地缺肥缺水吗？"

"是啊，我的地是缺肥缺水。你怎么就不想想肥料是咋来

的？那水又是咋来的？都得买啊，得要钱啊。钱哪能说来就来
呢，我们两口儿人，就你大哥那点儿工资。你大哥呢，是个老
实人，在工厂里干活儿，赚得哪里能比你那口子多？再说，你
们还有老三开长途车呢，眼下就数开长途赚大钱，这不都给你
家添着吗？你大哥傻，我也傻啊。你人长得漂不漂亮，话说得
可是最漂亮，你今天上门来，是管事儿来了，还是问罪来了？
早就听说，你是个管事儿婆，以后，你爱给谁操心给谁操心，
我这里，你就歇歇吧。"

　　葵花没想到大嫂会这样说话。她想说的话还有很多，她想
说这地可是口粮田啊，没地，我们想种庄稼，上哪里种去呢？
大家都不种庄稼，我们吃什么呢？葵花把这些话在肚子里翻来
覆去背好几遍了，现在，葵花嘴唇哆嗦着，一个字也说不出来。
当她走出那个她以前走熟走惯的大门时，手捂脸上，眼泪哗哗
地下来了。

15. 分家

目光，这里那里藏不下，最后，像一只飞不上墙的鸡，一下子扑落下来，耷拉在地。

晚上，田贵下班回家，借着月光，他看了一眼炕上的葵花。女儿穗穗跟爷爷睡。穗穗原是跟着葵花睡，有一天吃完晚饭，穗穗说她不跟娘睡，她跟爷爷睡，爷爷一个人。

穗穗的话，把田贵爹的眼泪说出来了。田贵爹看着穗穗，又是哭、又是笑地说："好，好，穗穗可怜爷爷。"爹说着，拾起搭在腿上的衣衫，擦着从眼里流出的心酸喜悦的泪水。

以往田贵回家，常常听到葵花的呼噜声。葵花天天给牛割草，晚上睡觉打呼噜，她太累了。田贵听见这呼噜声，心里难受。爹给田贵念叨说，葵花是好媳妇。这也是田贵在心口扑腾乱跳的话。但田贵从没有把这样的话说给葵花听，他不知道怎么说。田贵跟葵花都有女儿了，他在葵花面前，有时候还是不好意思的。

田贵是一个爱干净的人，洗澡的时候就把自己的内衣裤洗干净晾了。葵花当年看上田贵，嫁给他后，更爱他了，爱他的干净。田贵上班居家两样衣服，他回来把厂服换下来。田贵自己的事情从不烦葵花，哪怕葵花是他媳妇。田贵倒是帮葵花做很多的事情。田贵没娘，葵花生女儿坐月子那些日子，该田贵娘做的，田贵仔仔细细地去做，不会做学着做，两口子为着剪尿布，为着抱孩子，闹出很多笑话。

婚后这一样一样，田贵是感动的。葵花情愿给大哥张罗婚事，情愿搬到旧屋子里住，这些都是因为她爱田贵。葵花想她

不会一辈子都住在旧屋子里。但葵花天天到地里干活,不仅仅为了将来盖一座漂亮的房子,她越来越发现她的生命与土地有了情结。葵花热爱这生长万物的土地,四季轮回,让葵花对土地产生了一种敬畏。大自然真是太神奇了!在葵花的眼里,黄金玉石也没从土地生长出来的花朵宝贝,那初生的花朵,是那样轻盈,美丽得让人心颤!葵花每天跟土地对话,她相信自己听到了土地的声音。每一天,葵花额头上挂着汗水,但她的内心获得了平静和安宁。

可葵花的呼噜声,在田贵听来是不幸福的信号。他心里暗暗着急。

葵花是固执的,村里没人家养牛了,葵花不舍得卖了他们家里的黄牛。葵花说牛都怀犊儿了,卖了吗?田贵出去打工,他说把家里的兔子卖掉吧。葵花说不卖。分家时候,兔子也分家了。兔窝里九只兔子,大嫂在挑。爹嘴里一口一口冒着烟,不说话。大哥看爹一眼,看媳妇一眼,大哥喊媳妇,说这些兔子从来是田贵养的,咱能不能不要?咱又不会养。

翠娥的眼睛盯着兔窝,上下翻动,说:"你说什么呢,这不是分家吗?咱不要,那还叫分家吗?"

爹"哼"了一声,扭头回屋里了。

爹"哼"的那声,像牙疼,或许还没牙疼哼哼声大,那一声哼,出了嗓子眼,没从嘴里出来,是从鼻孔里冲出来的。本来的轻声的音度,经这一拐弯,就又降了一些。

田柱紧走几步,到兔窝边,要拉翠娥,翠娥的双眼一下从兔窝里拔出来,目光剑一般射向田柱,那剑一般的光芒里头含着致命的毒素。田柱的眉眼,一时乱了,他的目光,这里那里藏不下,最后,像一只飞不上墙的鸡,一下子扑落下来,奋拉在地。

站在一边的葵花看到这些,难为情,她不说话不对,说话也不对。葵花想了半天，笑了，说不就是几只兔子，就是不分家，也得给大嫂两只兔子在家养着。大嫂那边的家，有垒好的兔窝，不用也可惜。

葵花说这些话的时候，翠娥手里已经抱好一只兔子。那兔子可不安分，它在翠娥怀里东蹿西蹿。翠娥松松的怀抱，其实还是抱紧兔子的。

翠娥听见葵花说话，她一边把脖子拉长了，看远远近近的兔子，一边不紧不慢地说："这哪里'就是不分家'，这不是明摆着在分家嘛。"

"对对对，这是分家，是分家。"葵花说。

田柱像爹一样也"哼"了一声，但没有爹"哼"得有技巧。田柱这一声哼，媳妇可是听得一清二楚。翠娥扭过头来，正好看见田柱拔腿往门外走。翠娥跛着腿，很快撵上田柱，把怀里的兔子一下滚到田柱怀里，翠娥说你先带一只回家吧，快去！

田柱抱着兔子，一时觉得怀里热得发烫，像抱了一团火，又觉得全身发冷，像跌进深深的冰窟窿。他定格了，呆呆地站在那里。

分家那天，田贵不在。田贵是有事儿出去了呢，还是不愿意看分家的场面？田贵从来都把自己的想法藏得很深。比如，他喜欢葵花，从来不说出来。为了大哥娶媳妇，葵花把房子给了大哥，田贵也没吭声。葵花后来倒常常想起这件事情，葵花这样想不是后悔把房子给了大哥，葵花这个人其实有那么点清高。这一点，或者葵花自己不知道。有时候，人不完全了解自己。葵花只知道她没把结婚时候住的房子放在心上，她要自己给自己盖房，盖村里顶好的房子。葵花是个有心气的人，这从葵花的眉目间能看得出来，她眉目间的柔和，有时候会露出莫大的刚强，这是做人的劲头，葵花靠的就是这劲头。她嫁过来就想着要跟田贵过好光景，葵花因为有这样的想头，她的每一

天都像刚从娘肚子生出来的胎儿，两手紧握，哭声响亮。孩子出生的哭声，不带丝毫的悲伤，那哭声里含着的是雄壮，是骄傲；那哭声是吹响的嘹亮的号角。

16. 铡草

喂草时的一丝不乱，让你想到他不是在向铡刀喂草，他是在铡墩上描，在铡墩上画，那涌向铡墩另一边铡出的一小节一小节，就是爹描出来的，画出来的。

葵花不愿意卖家里的牛，不愿意卖家里的兔子，就让她养着，田贵想总有一天，葵花同意卖了家里的牛。一村人的眼光都往前看，一个个比赛似的出去打工，好像只要是去村外头做事情，村里人就觉得好，觉得有希望。出去打工，成了村里的主流。

田贵也想让一家人过好日子。田贵心疼葵花，不能陪着葵花在家养牛养兔子。可葵花愣是不提卖牛这茬儿，一村里养牛只剩下葵花家了。一个女人，每天像男人一样上地里干活儿，每天得割两大筐草。割草是男人干的活儿。葵花嫁过来时，还是一个刚从学校里出来的学生，当年，田贵娶葵花还想着葵花做不了农活儿，真是没看出来，葵花原来这么能吃苦。要过冬了，葵花督促田贵帮她把麦秸垛铡了堆起来，堆得小山一般的麦秸秆，牛一冬吃个精光。葵花逮不着田贵，叫爹帮忙。

爹乐意帮葵花。家分了，葵花没让爹做饭。如果葵花下地回来得晚，爹也给葵花搭把手。但这些都不是爹高兴的原因，爹高兴的原因，是葵花叫他给牛铡草。农合社时候，爹是饲养员，铡草是爹的行当。

铡草可不像把铡把举起来，照着码好的草，剁下去。葵花看爹先在膝盖上绑一张兽皮，不知道那是张羊皮还是张牛皮，皮子上的毛磨得溜光。葵花小时候见过树上挂着的羊皮，也见

39

过饲养场挂着的牛皮，她一看见就拿手把自己眼睛捂住，才敢往前走。有一次，葵花远远看见一张牛皮四肢摊开，挂在那里，她吓得把胳膊挪到双眼上。她这样一直朝前走，也不知道怎么她挪了一下胳膊，吓得她一下子退后几步。葵花不觉走到井口跟前了，差那么两步，就掉进井里去了。小时候，葵花家乡的井真多啊，村中心一口井，饲养场一口井，村西沙场还有一口井。饲养场的井比村中心的井浅很多，如果村中心井台边排队打水的人太多，村人们就到饲养场井里打水，井辘轳只摇几下，清清的一桶水就上来了。现在，葵花家乡的井一口也没了，先是饲养场的井里没水了，后来村中心和村西沙场的井也没水了。这些井口先是空空地朝着天，后来，有人在井口上面盖上磨扇，或者填进去一个大树根。

葵花看爹绑好膝盖上的兽皮，看爹把绑好兽皮的膝盖凑到铡墩上，伸手揽了一把麦秆，葵花的铡刀跟着动起来。偌大的麦场，只有三五堆麦秸垛。村里人收麦子不再用镰刀，也再不加夜班听脱粒机声嘶力竭地吼叫。现在，到了收麦子的时候，村里人显得很斯文，收割机像一只蜜蜂，嗡嗡嗡在地里来回奔忙，麦粒就收回家了。

这三五个麦秸垛，是别的家户因麦子个头不高，收割机没法收，才胡乱地用镰刀收割了。这些人家不会要的麦秸垛，葵花看着可是宝啊，她家的牛要吃啊，冬天，大雪封门，如果没有这些麦秸垛，她家的牛吃什么过冬呢？

爹喂草喂得细致。如果是田贵来帮葵花，也是田贵喂草，葵花铡草，田贵说喂草可没那么好喂，让葵花还是拿铡刀。葵花听田贵说的话，心里头暖暖的。葵花看过田贵喂草，再看爹喂草，看出不一样来了。其实，她也看不出喂草的门道。在葵花看，田贵喂草是潦草的，像小孩子写作业，只想急着快点儿写完，撒丫子跑。爹不是，爹喂草，他手里的草，总是很快就能码匀整，爹每次喂的草多少总是一样的，铡出来的草长短是均匀的。还有爹喂草时的一丝不乱，让你想到他不是在向铡刀喂草，他是在铡墩上描，在铡墩上画，那涌向铡墩另一边铡出的一小节一小节，就是爹描出来的，画出来的，一样是草秆在这边、铡好的在那边，但那过程却完全不一样。看着一个老人这样细密地做着这件事情，你的双眼会发热，葵花好像看到爹的心灵深处，她想起夜深为牛添草时，常常能看见爹站在牛栏前发呆。

铡完草，得把铡出来的这些草背到家里的牛房子里。如果是跟爹两个人，葵花不要爹背，她一个人用被单一回又一回把草背到家；如果是跟田贵两个人，或者田贵正好下班，爹就叫田贵帮媳妇背。这时候，田贵脸上很不高兴，他在外打工，不提他家里养牛，他一说，听的人会稀奇地问："你们家这时候还养牛啊。你们家现在养牛做什么用呢？"

田贵听了，心里气恼。养牛又不是养汽车，现在，村里养车户就有多半村了，不出去打工就买车跑运输。前天，田祥回来，听口气，他跟人合伙承包了运输队，田祥都在给自己跑运输了。

田贵脸上有点儿撑不住，可田贵又不能强拉着牛把它给卖了。再说，收了麦子，牛还真要生犊了。

17. 向日葵

韭菜边上，是几棵张开朵的向日葵，这几棵向日葵高低一样，脸盘子可不一样，有的大一些，有的小一些，清早起，一个个灿烂地面向太阳。

这天晚上，田贵没听见葵花的呼噜声。黄黄的月光照进来，田贵看见炕头上的被头堆着，他想一定是葵花等他回来，心头的烦恼一扫而光，利索地洗洗，一脚跳上炕。

田贵没想到，葵花抱住他哭了。

葵花一直到最后也没告诉田贵为什么哭，白天的事情，真是太可羞了，葵花头脑里头反反复复是大嫂的那张脸。

天越来越热，窗帘没拉严实，一定是葵花拉了灯，又把窗帘拉开一点儿。月亮柔和，黄亮，浑圆，田贵看一眼窗外的月亮，借着从窗外跳进来的月光，细细看葵花，他说："今天家里有事儿？家里人给你气受了？"

田贵的问话安抚了葵花，葵花不那么伤心了，她想到养猪，她说咱养猪吧，养猪多好啊，又能卖钱，又能肥田。

田贵听了葵花的话，他想养猪也值得这样抹眼泪？葵花真是想一出是一出，养牛的事情还没完哪，怎么又冒出个养猪来？

田贵感觉到葵花摇他，他说："好，好，养猪好。只要你高兴，养什么都好。"

田贵的话把葵花逗得大笑。女人就是这样，气的时候哭，忽而高兴了又欢喜地笑起来。葵花说："什么养什么都好，咋个养什么都好？"

葵花这一笑，把田贵笑得缓过气来了，葵花感到田贵的胸

42

口怦怦地跳，就跟葵花小时候跳橡皮筋似的。

田贵看着葵花的笑激动了，颤抖地抱着葵花。外面的月亮挂在碧蓝的天空，像渗进了大海，飘浮着，荡漾着，颤悠起来。

天亮了，葵花喊田贵，要田贵吃完饭陪她去逮小猪，葵花说今儿正好逢集。

田贵听葵花这样说，想起他们还没结婚时候，葵花在人来人往的街上，跟着一伙的姑娘，停在田贵跟前要摸田贵怀里抱着的兔子。

田贵看着葵花，笑了，说："你还当自己小孩子啊，你还当这是要买一只兔子啊。"

葵花说："天一亮，你就变卦啊。"葵花安了锅，正要淘米，她把米碗往桌上一放，她不做饭了。她说田贵不陪她逮猪，这饭她不做了。

穗穗从屋里风一样跑出去。

田贵听到爹在外面喊他，出去了。葵花把米在屋里悄悄淘好，倒进锅里，她不做饭，家里这几口人，早饭吃什么？

葵花站在屋门口，爹跟田贵坐在门前的栅栏跟前。再过两天，做饭吃饭就都在这院子里了，爹跟田贵坐的地方，就是吃饭的地方。

栅栏是爹用小树枝一根根围起来的，有两张席子大小，里头种的韭菜，绿绿的，旺旺的。穗穗跑进去，扯了韭菜叶子吃。葵花看见，喊不干净，爹从来不这样喊，爹看着穗穗吃韭菜叶子，只是笑。韭菜边上，是几棵张开朵的向日葵，这几棵向日葵高低一样，脸盘子可不一样，有的大一些，有的小一些，清早起，一个个灿烂地面向太阳。

爹像是刚刚说完一句话，不说了，嘴里哈出一口烟来。田贵也不说话，眼睛从门里看着外面，像是正想着要说什么话。

葵花叫声爹，她说我想在院子里养猪。

　　田贵陪葵花买回三只小猪，爹给小猪们垒好一个临时猪圈。买回小猪那天中午，葵花一家人吃的是炸油饼。田贵没想到几只小猪让葵花这么高兴。他不知道葵花整天都想什么，也不想知道葵花天天都想什么，他只想赚钱，让葵花、让一家人过上好光景。

　　葵花每天早起，满脑子都是种地。田贵每天都想他怎么样才能赚到钱，田贵是男人，能不天天想着赚钱吗？可是，葵花从田贵的脸上，没看出一点点儿打工的快乐。葵花望着田贵的背，心里难过。有一回，葵花问田贵："打工有意思吗？"

　　田贵说："打工又不是玩儿，有什么意思！"

　　"没意思打工干什么？"葵花这样想就说出来了。

　　田贵说："真是孩子话，不打工哪有钱呢？不打工吃什么呢？"

　　葵花不说话了，她想田贵为了每天赚钱，就像卖到人家厂里的苦力，葵花一想到这委屈得直掉眼泪。田贵念书少，没心思参加厂里各种培训，他每天去工厂就是推煤车。葵花想田贵做的活儿，驴子也会做。葵花小时候，常看见双眼被蒙上的驴子，走熟的路，驴子蒙着眼睛也能够摸到。

　　葵花这样想心里就更难过了，田贵都像一头驴子了。葵花想田贵每天的日子，多难熬。这样活着，多没意思啊。

　　葵花每天忙着种地，忙着饲养兔子和牛。现在，葵花又有了几只小猪，她每天都看着小猪长大一点儿，她觉得每天都有更有意思的劳动等着她。她在走一条新奇的、大家都还没走过的道路。

18. 屎壳郎

一伙小孩子，围在一起看屎壳郎奋力地"推车"。
屎壳郎真是个糊涂蛋，它为什么要费劲推那个圆溜溜的
粪团呢！

葵花那天从大嫂家出来，左思右想，她明白人们为什么不
把种地当回事儿了。眼下，给地里上肥难，浇灌难，还有买种
子，买农药，得掏钱雇打地机、收割机，一亩地收五百多斤的
麦子，这样那样一折腾，收的庄稼就全赔进去了。这简直就是
自己把自己当猴耍了。葵花又是可笑又是难过地想。

种地非得样样掏钱吗？小时候，葵花看见娘跟着一伙的妇
女拿锹往大胶皮车里装粪，那粪堆真是大得山一样的，前头胶
皮车刚走，后头胶皮车就排上了。十七八个妇女，密密实实围
一圈儿，她们说得热闹，笑得哈哈哈，却是脚手不停地干活儿。
她们双手紧握锹把，抡起满满一锹的粪，"咚"一下，滚到大
车箱里了。这里的一大堆粪还没装完呢，一小部分妇女就又转
移到别处的大粪堆跟前了。田间堆了好多大粪堆。葵花一伙小
孩子，围在一起看屎壳郎奋力地"推车"。屎壳郎真是个糊涂
蛋，它为什么要费劲推那个圆溜溜的粪团呢！它把怀里的粪团
滚得比它都要大，好几次它把自己费劲滚动的粪团都滚得掉到
一旁。它爬着回到粪团跟前，把它的前爪又搭在粪团上推，看
它的样子，真是举步维艰了，但它转来转去，就是不放手它的
粪团。葵花搞不明白那粪团里头有什么。伙伴说那里头有屎壳
郎的孩子。他们看着推着粪团的屎壳郎想，难怪它费老大力气，
似乎都在拼命了。

雨过，小孩子这里那里寻找。孩子们是知道屎壳郎的家的，他们专找有粪的地方，粪堆和茅坑旁边是屎壳郎藏身的地方。只要看见有一堆冒得很高的湿润润的土，那底下就有屎壳郎。那冒出地面很高的湿润润的土，像平地生长出来的蘑菇。那土极细，细得像粉，孩子们把这样的土叫面面儿土。小孩子看准一堆"蘑菇"，脚步放轻，一步一步，一点儿一点儿，害怕惊动了"蘑菇"下面的屎壳郎。但这最细微的动作，还是惊到里面的屎壳郎了，没等孩子们动手刨土，它顶了一层的面面土，从里面仓皇地钻出来，落荒而逃。有时候，孩子们刨开面面土，里面什么也没有，孩子们奇怪了，他们相互责怨，说是把屎壳郎吓没了。

这样儿的游戏，孩子们到一定年龄，大家不去玩了，远远站着看跟他当年一般大的孩子继续这样的游戏。这些年村里没粪堆了，穗穗早到了看屎壳郎的年龄，可葵花相信穗穗没看见过屎壳郎。葵花在学校念书时候，听老师说过有一本《昆虫记》，书里写各种昆虫，比如屎壳郎。在座学生一个个露出极大的喜悦和热情，连最不喜欢听课的学生也瞪大了眼睛听老师讲。老师打开了他们心中一扇尘封很久的窗户。葵花想如果穗穗长大了，将来的某一天也听到有一本这样的《昆虫记》，穗穗会是什么样的表情呢？会有他们当年的喜悦吗？

现在，农家院子干净得很，好多家院子打成光光的水泥地，大哥田柱的水泥院，比别的人家打得更早些。前天，葵花去大嫂家，看见大嫂家的水泥屋地，让葵花想起田贵有一天从外面回来，身上沾着水泥粉，穗穗跟在田贵后头回来，穗穗说爹在大娘院子里干活儿，大娘给她饼子吃。葵花看了田贵一眼。田贵听穗穗说，看一眼葵花，什么也没说。

村里不见了粪堆，院子干净了，巷道里干净了。人们说面粉里头有添加剂，蒸出来的馍馍没有麦香味道。西红柿不能吃了，肥料味；黄瓜不能吃了，洒上农药了，黄瓜洒了药，菠菜、韭菜、茄子、西葫芦哪样免得了洒药呢？人们说年纪轻轻的，头发灰白了，说棉织物有味道儿，那棉花是药棉……可是，人人尽管这样说，每天也还都照样过着日子，菜得买，衣服还得穿。

19. 怀犊

太阳红红的，照在他们的肩上，照在扁担两头的尿
罐上。他们起大早，往地里跑两回。一个上午，他们往
地里头跑四回。他们就是这样在地里头走来走去，脚板
儿把地皮磨热了。

葵花的思路回到养猪。她想起生产队，想起饲养院，想起
各家各户的茅厕，想起家户人家的茅厕里头，放着一对尿罐。
如果你听听葵花娘那代人说她们结婚时候的陪嫁，都能把人给
笑死，葵花娘那代人说她们结婚时候，陪嫁就是一对尿罐。尿
罐在生产队，可是起了大作用。茅厕里头的粪送到地里，掺了
土，拍瓷实，开年才好用。送茅厕里的粪便只有用尿罐。葵花
小时候，家乡的小路上，时有担尿罐送尿的青壮年，太阳红红
的，照在他们的肩上，照在扁担两头的尿罐上。他们起大早，
往地里跑两回。一个上午，他们往地里头跑四回。他们就是这
样在地里头走来走去，脚板儿把地皮磨热了。

尿罐瓦做的，碰在石头上咣当一声破了。大姑娘担尿罐往
地里头送尿，脚步儿到底不如小伙子踩得稳，脚下打了闪，或
者换肩膀不利索，尿罐碰到石头上，碰到一截砖上，碰到树上，
听得一声"哗"，尿罐碎成几瓣儿。那时节，尿罐是家里值钱
的东西，大姑娘担尿罐往地头送尿，娘吩咐"可别将尿罐碰打
了啊"。姑娘看着尿罐打了，傻在那里，心里忐忑，不好给家
里交代，坐在那里哭起来。

当年，担尿罐的男人女人，现在一个个六七十岁了，他们
做了一辈子的农活儿，他们不做农活儿在家里摸摸这摸摸那。

他们说以前真是给累坏了。他们看见村里各家不养牛了，不养猪了，看见原来的耙呀耱呀，全废弃了，又一块儿留恋大家在一起劳动的热闹场景。现在，各家各户安静得很，各家各户茅厕的粪尿由专人拉走。拉厕人开着一辆三轮车，各村转。要过年了，家家清理厕所，拉厕车应下了一串儿。拉茅厕的人腰里都有手机了，如果哪家想倒掉自家的茅尿，那三轮就突突突过来。仔细的人家也想将茅尿流到自家地里，却没耐心窝土粪，把茅尿用管子灌到地里。这样灌进地里的尿，第二天太阳一晒，就蒸干了。老年人望着年轻人这样打扫家里的茅厕。头摇得拨浪鼓似的，但他们七老八十，走路都显得吃力，茅尿总是流到了自家地头，留住多少算多少吧，太阳晒跑它就让晒跑吧。

村里人不把种地当回事儿。可总得有人种地，葵花想。葵花想到养猪，她想土粪是金贵的，他们家的麦子好，就是牛圈里的粪顶用了。葵花寻思养猪可不是养几只兔子，也不是养一头牛。养猪得群养。葵花听说过猪场，电视上看见过养猪的规模。葵花想这是一件大事情，她当然不知道这事情到底多大，但她觉着这是件要跟田贵合心才能做的事情。

田贵陪葵花把小猪捉回来，就完事儿了。他没想到葵花头脑里头有那么多的想法。田贵想葵花要养猪，不过就像多年以前，多年前，各家各户都养一头两头猪。田贵可没指望葵花养一两头猪卖钱过光景。他没心思养猪。葵花说给田贵，要养很多头猪，养一圈，田贵也不当真。他只当葵花说笑话。田贵知道自己媳妇跟别人媳妇不一样，但田贵不会把媳妇葵花想得那么远，媳妇就是媳妇，媳妇在家能折腾几个钱？不过就是比别个媳妇多跑地，比别个媳妇爱这些家畜。田贵想葵花就是这样儿的，给家里再逮只猫呀狗的，她一定也是爱的。

麦子要熟了，庄稼地里，只有葵花和其他几家的地是好庄稼。好多家地里长得那也叫麦子？你们看看吧，那麦子黄得跟

坏菜叶子似的，只一脚背高低，抽出的穗儿还没狗尾巴草头头晃动的那点儿大。如果是土地刚下放那会儿，这庄稼的主人还敢在村里头露面吗？为了庄稼的长势女人们会赌气骂架。有一回，葵花娘跟几个媳妇相跟着到地里干活，一路走一路指点这是谁家麦子，那是谁家麦子，庄稼长势不好的那家媳妇，心里憋屈得只有跟人大吵一顿才舒服。她可着嗓子说："讨论谁家的麦田好不好，也不怕磨牙，谁家的麦穗儿好，能嫁人还是能养汉！"

麦子长得旺势的这家媳妇，双脚一下子跳得离了地，她说："怪道你家麦子长不好，原来你这一年成寡妇了啊！"

麦子长势不好的那家媳妇听了这话，扑过去两人就打在一块儿。大家惊叫着，好半天才把她们拉扯开，她们一个脸跟脖子挂花了，血印蚯蚓似的，弯弯曲曲，一个头发掉了一绺儿，挂在脸上，黑胡子似的。她们两人分开了，嘴巴却在交锋，就那几句脏话，她们反反复复，骂得唾沫星乱溅。

眼下没有谁评比地里的庄稼，如果说有那么两三家庄稼好，在村人眼里也不像过去那样扎眼。人们望着葵花家的好庄稼，口里称赞，心里头早有盘算：再好的庄稼也不值几个钱。

越是这样，葵花就越想种地。麦子收回家了，秋苗在地里头被风吹着一天天长大。葵花每天给牛割草，看着禾苗长到膝盖高，又很快长到一人高。牛的肚子越来越大，像吹起来的一只大气球。葵花想起她怀穗穗。葵花现在一天不是割两回草，是割三回草，青草拌得越多，牛吃得越香。葵花割草，远远地躲着庄稼地，那里的草再好，葵花也不去割。她怕那里有农药，现在地里头都用农药，葵花割草的时候，常常拾起草对着鼻子闻闻。葵花记得药死一只鸡、一头猪，那真是可怕的场面。葵花可不想药死她的牛，她的牛现在不是一只，而是两只。葵花看着吃得很香甜的牛，她想牛肚子里头是只小公牛呢还是只小母牛？

20. 三轮车

八月的麦场，清凉的微风，吹得穗穗额前的薄薄的柔发飘扬着，像舞动着的无数的手指。

葵花这年买回一辆三轮车。葵花家送粪，以往是爹套着牛车，牛车先是别家的，别人家牛卖了，牛车卖给葵花家。这年，葵花提出给家里买辆三轮车，这是葵花嫁过来爹最不同意的一件事情，可最后还是把三轮车买回来了。葵花把田贵给她买镯子的钱添上，买回三轮车。

葵花出嫁时候，葵花娘让田贵答应两件事情，一是新盖的房子得许允给葵花住，二是给葵花买一对银镯子。房子是葵花自己让给大哥的，田贵给葵花积攒了买银镯子的钱，葵花却说她要三轮车。

田贵跟爹说葵花想要一辆三轮车，就买吧。

村里人看热闹一样看葵花在麦场学开三轮。田贵请了一天假，他不放心葵花学三轮，想着葵花学不会的话，他来学。田贵没想到葵花不过两天，学会了开三轮。葵花激动地说田贵也开着试试，葵花说学开三轮车比小时候学骑自行车还要省事儿。田贵坐上三轮，果然也会了。那个下午，是葵花快乐的日子。她跟田贵都学会了开三轮，他们家里有兔子，有牛，现在又多了一辆三轮车，这些全是他们家的宝啊。

田贵爹看见葵花学会开三轮，心里敞亮了一些，他拉着穗穗，穗穗高兴地喊着娘，她说她也要坐三轮车。穗穗也坐上三轮车了，八月的麦场，清凉的微风，吹得穗穗额前的薄薄的柔发飘扬着，像舞动着的无数的手指。

51

秋收了，葵花开着三轮车把玉米一车一车倒进院子里。爹微笑着，在小山一样的玉米穗堆跟前蹲下来，摸着一穗穗饱满的玉米。

他说时代真是变了啊。

葵花在屋里切菜，院里只有他跟穗穗，穗穗趴在爷爷的肩膀上，摇着他问："爷爷，你刚才说什么变了，是什么变了啊？"

爷爷看着穗穗的脸，哈哈笑着，他说穗穗的耳朵真灵啊，什么都能听见。

牛看着就要生了，正是用牛的光景，牛却要生犊。玉米穗拉回来的这天下午，他们吃完饭，天模糊起来，葵花收拾了碗筷，去看牛。昏黄的灯光下，葵花看牛安静地待着，牛看见她，小声地"哞"了一声，葵花知道这是牛在跟她说话。葵花看牛屁股，牛屁股长长地挂下一串白的泡沫，葵花大声喊田贵，喊爹，葵花说："快来啊，牛是不是要生犊啊！"

牛果真生了，生出一只小母牛来。小牛犊下地就会吃奶。小牛犊闭着眼，人的手掌着它的身子，把它凑到牛奶那儿，它就吃起来了。这在葵花看，是神奇的事情。过一夜，小牛很会走了，走起来腿儿打战，一扭一扭的，看着好玩极了，连穗穗都笑起来，说牛犊学着走路。三天后，小牛稳当一些了，葵花开着三轮，回来先把割来的草给牛吃。葵花可喜欢生下来的这只小牛犊了。小牛犊黄灿灿的绒毛毛，手摸着绸缎一样的，葵花像摸孩子一样，摸着小牛犊。

21. 牛犊儿

小牛像个顽皮的孩子，一跳跳到母牛身后，母牛悲哀地"哞"的一声。

小牛犊出生没半个月呢，田柱媳妇翠娥过来了，她是来看小牛犊的，她说："原来生了只母牛，这就好。如果生出来的是头公牛，那可该咋办？"

葵花说："公牛母牛一样的。"

"那可不一样，"翠娥说，"母牛比公牛可值钱多了。"

葵花说："只要母牛小牛都结结实实的，就很好了，家里也不指望小牛发家的。"

"话是那样说，可多少也是一笔收入。不管怎么说，这一只牛变成两只牛，我们终于又有了分头了。你说呢，爹？"

爹蹲在门槛外头，看着翠娥从外面进来，照着牛栏走过去。

葵花在给牛喂草。牛生了犊以后，这两天，吃得很少，葵花不说出口，但心里隐隐担忧。她拿玉米面拌在鲜草里，想让母牛多吃一些，好给小牛下奶。

小牛倒是欢腾得很，小牛跟着葵花跑前跑后。

小牛拿嘴巴蹭葵花的后背，跟葵花闹着玩儿。

爹听她们妯娌一句一句对话，没想到翠娥把话头甩给他。

翠娥在巷里碰到他，不看他，也不叫他爹。翠娥今天在院子里叫了他一声，这让他有些不习惯。他想答应一声，可出了声却是一声小小的咳嗽。咳完，还是没声音。

院子里突然很静，爹抽着烟，那神情，好像要在一肚子话里头挑话说，但他挑了这句，放下那句，后来又把前头这句拾

起来，到最后还是没说话。

穗穗在玉米堆上玩，她用薄薄的奶黄色的玉米皮编了一个带辫子的娃娃，要爷爷看，穗穗说："爷爷，爷爷，看我会编娃娃了，看，比你编的好看。"

爷爷看一眼穗穗手里编的娃娃，怔怔地，面无表情。

葵花拾不上话头了。她细听大嫂的话，不对啊，大嫂来看小牛，原来是怀着想头啊。大嫂是来分他们家小牛啊。

葵花这样想，努力地做出一个笑模样说："大嫂，牛不是分给我们家了吗？我把钱抵给你了啊，也把钱抵给爹了啊。"

"是啊，"翠娥说，"是抵钱给了我们，可那是大牛，我们现在说的是小牛。爹呀，你算算，我们分家的时候，这牛可就是怀了犊儿的，这给谁谁都会掐算出来，这可蒙不了我们，你说呢，爹？"

翠娥回头，门槛外面不见了爹。

翠娥没看见爹，着了恼，她的眉眼挺起来，她的脚在地上跋了两跋，将脖子伸到尽量长，成一个扬声筒的样子，对着爹的屋子，说："我今儿个就为小牛的事情来的，你的那份儿你爱要不要，小牛将来卖了钱，不给我应得的那份儿，你们全不得安生！这个家我算看透了，你那大儿子不是拾的就是养的，要不，你也不这么偏心眼儿！"

田贵突然进了门，田柱也进了门。他们弟兄俩不知道从哪里冒出来，一前一后，都从门里急火火地进来了。田贵扑向翠娥，一脚就把翠娥踹倒在地，葵花扑着上前拦腰抱住田贵。田贵把脖子伸长了，说："没见过这么奸的婆娘，你不是想分牛犊吗？……"田贵扯开葵花，从台阶上拾起一镢头，这是秋收刚用过的镢头，上面沾着湿泥巴。田贵紧紧攥住镢头，扑向小牛，说："我破了它，我让你来分。"

小牛像个顽皮的孩子，一跳跳到母牛身后，母牛悲哀地

"哞"的一声。

葵花跟在小牛后头跳到母牛身前，

葵花的头发都有些散乱了，她说破吧，破了我再破小牛……今天伤了小牛，我就死在这里。

院子里早围满了人，他们正闲得没事儿干。葵花家不是玉米大丰收吗？葵花家的院子里又是兔子又是牛，大牛又添了小牛犊，葵花家里很热闹。现在就更热闹了。好些人脸上挂着笑，他们像看正月红火一样来看葵花家这场热闹，他们脸上的笑就是说，打起来吧，打得激烈些吧。

翠娥倒在院子里哭起来了，骂起来了，她骂田贵挨千刀的，她骂田柱死人一样。

田柱蹲在门外，脸埋在两只大手掌里。大家到底还是夺了田贵手里的镢头，院里的人慢慢走散一些。

葵花过去拉大嫂，她说："分不分小牛以后再说，现在不要闹了，让大家笑话。"

翠娥一下子从地上蹦起来。翠娥蹦起来的时候，她的那条跛腿一点儿都不妨事儿。翠娥说："你们一个唱红脸，一个唱白脸，欺负我们两口子。我还是那句话，如果小牛卖了不把我的那份儿分给我，大家别安生！"

翠娥说完，也不哭了，自个儿一脚高一脚低，风一样走出门，许多人跟在翠娥后面，笑着也往外走。

翠娥走出门，像记得什么，回头看见蹲着的田柱，走过去连推带掐，翠娥说："我受欺负，你又没瞎，你看不见啊。"她又拉田柱一把，说："你害怕他们，我可不害怕，咱回！看他们不给咱分！"

翠娥再要拉田柱，田柱的胳膊举了一下，躲过媳妇的手，站起来大脚踏着，低着头往回走了。

22. 老黄牛牵走了

> 小牛犊撒着欢儿，它跟蝴蝶跳跃，跟哪里飞来的蚊子跳跃，身上有使不完的力气。

母牛真是病了，爹套着牛下了两回地，也说牛怕是不行了。葵花听了，鼻子酸了。葵花早看出来，牛实在是不想吃，但牛还是低着头，硬是把草吃下去。葵花看见牛不停地舔着犊儿，时而轻轻对着小牛"哞"两声。

小牛犊不知道娘生了病，撒着欢儿，它跟蝴蝶跳跃，跟哪里飞来的蚊子跳跃，身上有使不完的力气。小牛犊在兔窝边逗逗，用它的脚挠挠兔窝的矮墙，突然受惊一样，转身便跑，像是兔子招惹它了。它在跟自己玩耍。

小牛常常到猪圈边，看两只猪伙伴，它看见猪看它，听见猪朝它哼哼，小牛犊打两下响鼻。

小牛犊也有不听话的时候，小牛犊快一个月了，它的个子长了，也蹦得高了，不防着，它就蹦到猪圈里，高高地站在两只小猪旁边，骄傲地看着葵花，或者闻闻猪圈里的一朵牵牛花。葵花就打小牛出来，不让小牛在猪圈里淘气。

小麦种上了，田间静悄悄的，偶尔一两声蛐蛐儿叫。爹对葵花说："还是把牛送走吧。"葵花知道爹的意思，把牛送走，送哪儿，不就是屠宰场？

葵花的心一阵惊悸！眼里不觉含满了泪水。爹说："牛总是得送，不送能咋？"

小牛开始吃草了。小牛犊开始吃草这几天，老牛连吃的力气都没有了。葵花喂了这些年牛，牛不是吃草，就是卧地上倒嚼，只有套上它犁地拉耙，牛嘴巴才安宁。现在，牛不吃也不嚼，牛吃上一点，也还是不嚼，爹说："赶紧送吧，要不它都要走不动了。"

一个早上，老牛被爹牵出门去了。

葵花把穗穗拉在怀里，抱着，她想最后看老牛一眼，愣是没有从板凳上站起来。葵花心里多难受啊。这是她一天天喂的牛，就这么一拉走就完啦！葵花浑身一阵抖动。穗穗抬头看娘，穗穗眼里也含满泪水，穗穗一边哭一边给娘抹眼泪，穗穗说："娘不哭。"穗穗说着就放声哭了。

葵花哄着穗穗，她想一个小孩子哪里知道大人心里的难受，穗穗是被她的眼泪吓哭的，穗穗却哭着说："咱家的牛要死了，爷爷说咱家的牛就要死了！"

葵花紧紧抱着穗穗，娘儿俩一起哭开了。

小牛似乎也知道老牛要永远离开它了。这天的小牛，是沉闷的，它不跳兔窝了，默默地站在老牛常常站着的地方，突然"哞——"的一声，叫得悲壮凄凉。

23.除草剂

　　一边承包种地，一边养猪，把堆积起来的猪粪全部
施到田里头，田肥苗壮。

　　田贵田柱都不去厂里打工了，村里也不只是田贵、田柱兄
弟俩不打工，好多人都不去打工。不是他们不打工，是这里那
里的厂矿裁减人员，工厂里有了装载机，十几二十个人的活儿，
一台机器就把活全干完了。

　　田贵在家待四五天了。田贵每天去地头割草。

　　田贵从厂里回来，葵花心里有说不出的高兴，她不稀罕厂
里每个月发给田贵的那点儿工资。田贵壮壮实实一个青年，每
个月哪里就只值那点儿钱呢？葵花从心底里不服气。她想一个
大活人，每天就那点儿盼头怎么行呢？

　　田贵每天为他不能打工沉闷地坐着，葵花看出来了，在
田贵肩上拍一下，甜甜地笑着，她说："没人使唤你，闷得
慌吗？"

　　田贵默默地，他很少抽烟，这天手指里夹着一根燃着的烟
了。田贵抽了一口烟，扭头看葵花，田贵一看见葵花，忧愁就
像他从嘴里哈出来的烟，在一点儿一点儿稀少。他看着葵花，
把嘴咧开，他说："我就这样天天待在家里，帮你割草？"

　　"那可不？割草有什么不好？"

　　"天上如果掉馅饼，能让你娘儿俩吃得好好的，我就天天
帮你割草。"

　　"天上都掉大馅饼了，你天天割草做什么呀！"葵花拉着
田贵一只胳膊，笑成了一团。

葵花说："咱有力气给自己使。"

田贵说："我的力气不是给自己，还给了别人吗？"

葵花说："你的力气就是白浪费，你看你给人家做了两年工，到头来人家还不稀罕，你说你是不是力气白浪费？咱得想着把力气用在得当的地方，比如种地。"

"人人都在打工，就咱种地？"

"咱种地咋了？我就不信天底下就只有咱家种地。"

"咱村里就咱一家种。"

"咱村也不是咱一家种地，你看人家囤囤家的地种得就很好。囤囤媳妇就是用锄头锄草，从不洒什么除草剂，我喜欢囤囤媳妇这种做法。种地人不辛苦种地，指靠这剂那剂，地怎么会长出好庄稼来呢？你看村里那几家不像样的地，地里的麦子还没韭菜高，收割机嗡嗡着过去了，过来了，末了只倒出几粒麦子，像这样种庄稼，怎么不赔呢？"

"你知道个啥！"

"我啥也不用知道，就知道老百姓得种地。"

"种吧，再种也种不出一个十万元户。"

"十万元户都是几年前的事儿了，现在人家是百万元户、千万元户。"

田贵不吭声了。

葵花摇摇田贵，说："咱盘块儿地方，养猪吧。昨天，商店柜台上有一张报纸，说养猪场的粪便没处排，把河水都污染了，说那是一个大型养猪场，人家一年稳赚这个数——"葵花说着把手举起来。

"五万？"田贵把脖子缩了缩。

"五十万！"葵花瞪大眼睛说。田贵把头一扭，"那是人家报纸上说的，不好能上报纸吗？"

"好什么好，污染能是好吗？我想我们一边承包种地，一

边养猪，把堆积起来的猪粪全部施到田里头，一举两得，田肥苗壮的……"

"说得比唱得还要好听。"

葵花眉开眼笑，她说试试，她说："打起精神来，如果猪养好了，地种好了，咱也来个机械化。明天我问问谁家不愿意种地，我们包下来，当做种试验田。"田贵把葵花说的全当戏听，说她真是唱一出是一出，田贵说你明天一定不要问人家种不种地，你问了，大家把地都堆给你……

"那样更好，我们就有活做了。"葵花说，"咱家也订报吧，就订到村里商店，我看见送报的隔天就来商店送报了。"

田贵没吱声，倒头，伸长胳膊摸着绳闸，"啪"的一声，屋里黑下来，模糊中，听到一两声说话和细笑。

24. 撂荒

院里的屋檐下，立了两根粗柱子，上面饱饱串了两
串玉米辫，这些玉米辫早干透了，如果能够空出手来，
这些玉米穗就化成一粒一粒玉米。

葵花真的包了村里一家地来种，那家人的地是撂荒地。葵
花用三轮车把粪拉进承包来的地。田贵跟着葵花干活儿。以前，
田贵是不愿意看葵花干活儿，他看着葵花干活儿恨不得他把活
儿全干完，可葵花揽了别人家的地种，田贵心里不高兴，可田
贵也不能眼巴巴坐在家里，看葵花忙活，他拿锹跟葵花把牛圈
里的粪铲上三轮车。小牛戴上绳索了，卧在那里，嘴巴嚼着，
缓缓的，有节奏的，它一边嚼，一边看主人干活儿。葵花把一
条白毛巾搭在肩上，她干一会儿，看看田贵，田贵不紧不慢地
抡着锹。田贵知道葵花看他，看就看吧，他就是要葵花看见他
这个样子，就是要葵花知道种别人的地，他心里不乐意。葵花
的锹抡得越快，田贵的锹就抡得越慢，田贵看着葵花额头上的
汗珠子，田贵想你就逞能吧，自己愿意累只管累吧。田贵这样
想，越发没有力气干活了，只想把锹一撂，回家在炕上躺着。
但田贵说什么也不会丢下让葵花一个人干。他就那么有一
下没一下地铲着粪，倒是葵花不时内疚地看一眼丈夫，也不是
内疚，是一种遂了心愿的歉意。她可是浑身都是劲，她恨不得
让时间过得快些，更快些，一下子过了年，到了麦收时候，让
村里人看看撂荒的土地也能打出上好的麦子来。
这年，撂荒的那块地并没有像葵花想的那样收成好，但那
块地比以往见好了。

葵花看中村东路边那块原来的焦窝了。那是村里人炼焦，承包出去的土地，现在，停了炼焦，那块地没人拾掇，成了一个烂摊子。

葵花要田贵承包了那块地方养猪。家里原来的小猪娃，哼哼地成了母猪，在猪圈里牛气得很，生出来的小猪也都长成了半大猪。

葵花养猪就是要养母猪，她要母猪生好多好多的小猪。

眼下，圈里已经七八头猪了，原来垒起的猪圈太窄小了，被猪拱得七扭八歪，猪们或者卧倒或者站着，看着都是一片。

葵花要田贵给村里说一声，村东头那块地撂着也是撂着，不如让他们家包下来养猪。

比起种田，田贵更情愿养猪，田贵要葵花退了承包地，一门心思养猪。

葵花说："退了承包地，还要养猪做什么？把地退了，越来越多的猪粪怎么办？像报纸上说的让到处流吗？你看咱们家的承包地今年打了这些粮食，不是比别个家能算得来吗？猪要养，地一样得种。"

田贵说不过葵花。田贵时不时还留心打工的路子。各厂矿裁减人员的风声越来越紧，田贵不能长期打工，就打短工。哪里修路，村里人来叫，田贵就跟着走了。过个把月，哪里搞建筑，田贵跟着走了，他把家丢给葵花，家里的牛呀猪呀，还有葵花承包来的麦田，全丢给葵花。葵花心里都有些难过了，你说田贵怎么就不想想种地养猪的事情呢？

田贵越这样，葵花越觉得她不但要种地，还必须把猪养得像个样子。

现在，最闹心的是养猪。年后，天气一天比一天热，葵花心里害怕。新生的小猪还小的时候，葵花就看出来猪圈的逼仄。眼下，猪们一个个头对着尾，葵花心慌得很，晚上都睡不安生。

田贵真是眼睛长到额头上了。他不是忙吗？葵花自己去找村长。葵花对村长说了家里的情况，葵花满眼含着恳切，她多希望村长说，行，那片土地就由你家办猪场吧。

可葵花耳朵里头听到的完全不是这样，她听到村长说："让田贵来吧，你家的情况我们知道了，你有这种创业的精神很好，我们村如果都像你一样积极种地，积极养猪，我们村还怕什么？你回家叫田贵来，让他来说这个事儿。"

葵花说："等不及的，田贵出去打工了，我们家的猪真是都上了撺了。"

"你先回去，再急也要等田贵回来，对吧？过两天，过两天让田贵来……"

葵花还要说，村长有些烦躁了，说："情况我刚才不是都听说了嘛，什么事情得有个过程，对不对？这事让田贵来一趟……"

葵花眼泪差点儿流出来。

葵花一路走，一路恨田贵，葵花想田贵这个样子，她跟他能过什么好光景！

葵花进了家门，心里不是滋味，一头扑在炕上，呜呜哭了，葵花想到刚才求村长的话，她真是有点儿后悔了，她为什么要对他说那么多话？不能养猪，就不养了，种不好地，能饿死她一个人吗？葵花想抱了穗穗回娘家去，葵花哭着，越想越离谱，葵花听到穗穗的声音，穗穗说："娘，娘，猪跳出猪墙，跑出去了，爷爷去撵猪了。"

葵花翻身爬起来，就往外跑。

爹正把一头猪往家里赶，葵花和爹两人把猪撵回来，把院门关严了。

猪跳出猪墙往外头跑，这都不记得是第几次了。葵花家的院子总是关着的，刚才，葵花气极了，开了院门，只顾往屋里

走，把院门没关严，猪就又跑出去了。

葵花撵了一回猪，气消了大半，拎了筐去割草。三轮车静静地放在院子里。院里的屋檐下，立了两根粗柱子，上面饱饱串了两串玉米辫，这些玉米辫早干透了，如果葵花能够空出手来，这些玉米穗就化成一粒一粒玉米，猪们加上家里的小牛，一年会消化掉一大半的。

25. 掌犁

心里像那片开阔的田地海洋一般。那是无垠的田野，
她坐在打地机上，在心中的田野上奔跑。

葵花家的小牛长成了，这年种庄稼全凭小牛拉犁。爹掌着犁在耕地，葵花一边撒粪，一边看小牛耕地。小牛的脖子还没有打出项圈，就像没干过活儿的小孩子的手掌没有茧子一样。没项圈的小牛，拉一会儿犁，就要掉头跑。爹手里扬着一根杨树枝条，那杨树枝条，叶子绿生生的。葵花心里害怕爹朝小牛奋力挥下去。葵花一听爹咋呼，就把手里的锹停下来，扬头看，葵花看见爹手里的杨树条一颤一颤的。葵花听见爹一声惊叫，猛抬头，看见爹腿脚不利索地撵着小牛，小牛带着犁绳索，一边跑，一边撒欢儿。葵花大惊。穗穗嘎嘎嘎笑得身子仰起来，穗穗说："爷爷跟着牛跑起来了！爷爷都跑起来了！"

葵花扔了手里的锹，紧跑着截住小牛。爹追上来，朝着小牛，扬起树枝条，劈头啪啪啪很响地甩了三下。这三下抽打，爹手里的树枝叶子都掉光了，这三下抽得葵花眼眶里的泪水噌一下子冒上来。

那个上午，在温和的太阳光下，葵花的肩上扛着拉犁的绳头，一步一步走在小牛前头。葵花陪着小牛拉犁，小牛不知道是挨了那三下杨树条，还是看见有人做伴，不挣了，很卖力地跟着葵花前行的步子。田间麻雀叽叽喳喳地从这棵树上飞到那棵树上，穗穗在地头抓着土、石子玩儿。树影儿移动着，不觉晌午了，不觉得天黑下来。

犁地回来，爹用手叉着腰，走路有点儿扭。晚上，爹把田

柱叫过来，家里除了爹会掌犁，会掌犁的还有大哥田柱。爹让田柱来掌犁，爹说他腿脚去年就有些跟不上了。

田柱答应第二天过来。

第二天，爹左等右等不见田柱，来的是田柱媳妇翠娥。翠娥从上次闹过后，不见来葵花这边。这天，她来了，她不理睬葵花，一股劲走到爹房门口，也不张手拉门帘，她照着门帘说话。翠娥说得很大声，差不多就是喊了，翠娥说："这家里除了你掌犁，就知道只有田柱会掌犁，啊？你让田柱掌犁，你就不想想，田柱掌犁犁了你的地，犁了田贵的地，还要犁别人家的地啊！你给人家当牛做马还要搭上我们家田柱啊。田柱是你们家雇的啊！你这大岁数的人，怎么就一理儿地坐在家里想好事儿呢？人家男人就在你眼皮子底下，你舍不得使唤，就知道使唤我们家田柱。人家男人脑筋活络打工去了，我们家田柱死人，天天就知道在家待着！我来就是告诉你，田柱是在家待着，田柱在家待着，就是不掌那榆木犁拐！让我家田柱给你们家掌犁，你想得美！"

爹屋里先是静静的，静得能听见天上云走的声音。后来，爹的门帘动了，爹站在屋门口，拿眼看着翠娥。爹说："你让这院里来的人评评理，你来家里这几年，你走过几回地头，啊？这几年，你天天吃的都是谁种的庄稼，啊？你还好意思把家里打出来的麦子送到面粉店，吃现成的。田柱怎么就娶了你这么个媳妇，你怎么就这么没道理啊。田柱掌犁不是也犁你们两口人的地吗？田柱不掌犁，你们俩口子白吃白喝啊！"

"我怎么白吃白喝？我家有地，我怎么就白吃白喝！"

"你家有地就有白面吃了？你不下地干活，那白面就自动从地里长出来了？"

"我下地做什么？我下地里头去割草吗？我割草给谁吃啊，我的牛都被人家霸占了，我割草喂谁吃啊！"

"你摸摸良心，那是你的牛，啊？你让全村人说说，我的眼睛瞎了，全村人的眼睛可都眼睁睁看着呢，那牛是你的？啊？你嘴巴长在自己的脸上，想说什么张口就说啊！你每天不是围着桌子赌博，就是在村里摇来荡去！我家怎么就有了你这么个不要脸的东西！你怎么就不知道羞臊啊！"

翠娥听到爹这样说，一屁股坐地上号啕大哭了，翠娥说："大家快来啊，这真是没有天理公道啊，我怎么就不知道羞了，我偷人了我呀？"翠娥一边哭一边拍她自己，拍打土地。

葵花把爹往屋里推。穗穗害怕地紧紧攥着爷爷的后衣摆，躲在爷爷身后。

院子里聚会一样，年轻的、年老的、小孩子，都来葵花院里了，有几个女人在拉翠娥。

翠娥说她今儿个不走，不把家里牛这件事情说清楚，她不走！她要看看这牛是不是像他老不死的说的那样！

葵花走过去，说："今年麦子种上，把牛卖掉！这牛是分家时候母牛怀上的犊，卖多少钱，三家分！"

翠娥听了这话，不哭了，从地上一下子爬起来。翠娥说："你别在我跟前装好人，老东西这样瞎编我，你心里好受是不是？这牛你想独吞，没那么容易！今天你总算说了句公道话，你就是不这样说，我也不怕你！"翠娥说着，扬眼看一院的人，也不管拉她的人了，扭过身子一跛一跛地出了院门。

看着大嫂出了院门，看着院子里的人一个个走出去，葵花扶着爹回到屋里。葵花听见爹长一声短一声，像猫打呼噜。

爹看着葵花，说："你怎么能允口给她钱呢？以后的日子长着呢，你就信她这样胡来？"

葵花说："不气了爹，大嫂多心是应该的，我包了别人家的地呢。"

"咳！"

葵花说："你就多想想大哥吧，就当看在大哥的面儿上，你就不要生气了！爹今天也把话说重了，要是大哥听见你骂大嫂的话，大哥会怎么想？她是你大儿媳妇啊。"

"我的大儿媳妇！我的儿子都不听使唤了，我还要儿媳妇！"

爹说着把脸别过去。

葵花当然不想卖小牛，可不能让大嫂再为小牛来闹了。爹年岁大了，田贵不会来学掌犁，就算他学会了，牛耕也真是太慢了。葵花这样想，不只是想她那块地，她在想大片大片的农田。

这年，葵花叫来打地机。看着地头跑动的打地机，她想自己会开三轮车，这打地机也一定很好开吧？葵花这样想，心像那片开阔的田地海洋一般。那是无垠的田野，她坐在打地机上，在心中的田野上奔跑。

26. 做了一个梦

　　那麦穗啊，沉甸甸地在微风的吹送下，摇啊摆的。
这里那里的麦筐，盛满着黄澄澄的麦粒，那麦粒一颗一
颗真大。

　　葵花真的拉小牛卖掉。我们这里不说小牛是怎样拉出去，
也不说葵花流了多少眼泪。葵花想她一天天喂养的、才刚学会
犁地的小牛，不知道是卖给犁地的人家，还是被送到屠宰场？
葵花想到这里，眼泪就涌上来，一直涌上来。她想屠宰场可不
管这是她葵花喂大的牛，就不杀掉；就是卖给种地的人家，也
不像她待小牛这样好。葵花这样想，是自我安慰，连她都不要
用牛耕地了，谁还来买牛耕地呢？

　　小牛一定是送给屠宰场了！葵花想着她的小牛现在不是
已经进了屠宰场了吧？葵花想她的小牛今天，不，明天是不
是就……

　　葵花想不下去了。

　　爹回来把卖得的钱交给葵花，爹说一共两千八。葵花听到
爹说的话，两腿抖索着，一屁股坐到炕沿上。葵花看着爹放下
钱转过身，她一把拉住爹，让爹等等，这钱你给大哥一份儿，
你留一份儿，我……

　　"你大哥那边你给吧，这钱我不要。"

　　葵花硬是把分出的钱给了爹，葵花说她话说了，事情一定
得照着做，这钱爹一定要收下！她把大哥的一份儿也给了爹，
让爹拿给大哥。

　　爹叹了一口气，走出门去了。葵花愣愣地望着手里那几百

元钱。

田贵打工回来，葵花跟他闹上别扭了。

葵花不给田贵做饭，葵花说自己能在外打工，还不能自己做饭吃吗？田贵不是不帮她给村长说包地的事情吗？那葵花做的饭，田贵为什么还要吃？

田贵去了村长家。

田贵去村长家，不是葵花不做饭难倒田贵，是这样有一天没一天地打工，让田贵头疼。田贵这些日子也暗地里打听猪的行情，田贵不情愿种地，养猪他还是愿意的，养猪比种地强啊。

田贵找了村长两回，果然把村东那块地承包了。当天晚上，田贵问葵花，田贵说咱不种地了，咱养猪，邻村一家养猪，听说一年赚十万八万的。

葵花似乎睡着了。田贵包下村东那块地，葵花真是太高兴了，她有多少话要对田贵说呀，田贵却先说出这些话来。

这是个没有月亮的夜晚，没月的夜晚，外面屋里一样黑。田贵碰碰葵花，见她不吭声，田贵说："听见没有啊，我跟你说话呢。"

田贵说："我刚才的话你听到没有啊？"

葵花说："什么啊，我做了个梦。"

田贵说："你哄谁呢，刚躺下梦就来了？你的梦坐着火箭啊，这么快！"

"我真是做梦了。"葵花说，"你猜猜，我刚才梦见什么了？"

葵花说着，来劲儿了，在炕上坐起来。

屋里一团黑，田贵摸着葵花，拉了她一下，田贵说："好好的，你坐起来干什么？"

葵花啪地拉亮灯，她说："给你说梦啊，你猜我梦到什么？"

"看你两眼放光的样子，你做了黄金梦？"

葵花说："天神，我做什么梦你都能猜得准，我真是梦到一地的黄金，那金黄真是铺天盖地。田贵，你想象一下，尽力地想，能想多远就多远，那是一地的金黄哪，我站在这金黄灿灿中间，显得是多么小。你想到了吗？那是一地的庄稼，是几百里地金黄的麦子，那麦穗啊，沉甸甸地在微风的吹送下，摇啊摆的。还有，这里那里的麦筐，盛满着黄澄澄的麦粒，那麦粒一颗一颗真大啊，那么喜人……"

葵花说着，美滋滋地吸了一口气，然后拿眼望田贵，说："可惜你不在我的梦里，你如果跟我站一块儿，那多好啊，你看见那片金黄，真的也会跟我一样两眼放光的。"

田贵一开始认真听葵花说梦，听到后来，他说："你这哪里是做梦，是睁着眼睛说梦话。种地！种地！你去种吧，我看你真能够种出黄金来！"

27. 猪舍

靠着那两间又搭起一窝棚，村里人有的羡慕有的笑，也有人琢磨养猪这件事情的，他们不知道养猪是赚钱还是赔本。

田贵叫上爹，他们要去村东头，在承包下来的那块地上盖猪舍，他吩咐葵花一会儿做好饭，送到村东。

田贵开着三轮车，把家里粗粗细细的棍棒都拉到村东头。在盖猪舍这件事情上，葵花又跟田贵争执了，田贵说猪舍地板就铺水泥地，容易打扫，也干净。

葵花不愿意，葵花说还是用土垫好。葵花说："用水泥铺了地板，费钱不说，还不实用，我们不像别个养猪人，我们家的地还等着猪粪呢。"田贵看着葵花说："你的脑子里只记得猪粪，只记着你那承包地。人家几百上千万的大养猪场，都是水泥地板，这叫什么，科学化管理！你女人家懂得什么！"

"我怎么不懂？一家是一家，咱觉着怎么更好更便利，就怎么养殖。"

"当然水泥地板好了，比那隔三岔五地填土好多了，那隔三岔五填土，多累啊。"

葵花说："不行，那样猪粪就浪费掉了，真的不行。"

葵花说着瞅爹，爹蹲在一旁抽烟，他们的争执全在他的耳朵里了。他听到葵花叫他，扭过脸来说："一半打成水泥，一半填土。"

爹的话，葵花和田贵都没有想到，他们都惊讶地望着爹。葵花还要说话，田贵忽然高兴了，他说就这么办。

　　猪舍盖成了，猪养到村东头了。这块地旁边有两间现成的小房子，是原来烧焦炭搭的临时房，先是爹在村东头住着，后来，葵花跟田贵靠着那两间又搭起一窝棚，两人带着孩子也住到村东头了。村里人有的羡慕有的笑，他们把葵花家养猪的事情，当做稀罕事儿。村里人也有人琢磨养猪这件事情的，他们不知道养猪是赚钱还是赔本，可葵花已经在做这件事情了。村里人不由得眼红了，说田贵媳妇真能吃苦，真是能干。

　　葵花可没想她能不能干，她顾不上想那些，她只想养好猪，种好地。葵花把她原来的马尾巴剪成短发，看着更精干了。

　　葵花家里屋檐下的两串玉米不见了，猪们吃得肥胖。过年时候，村里人不准备从外头买肉，他们说葵花家的猪一定不让在家过年吧？

　　他们说葵花家的猪可不要全卖光啊，留两头我们村里人吃啊。

　　葵花笑了。葵花知道村里人这样说的意思，村里人都知道她喂猪除了草就是玉米糁，他们等着吃葵花家的猪肉，说她家的猪肉吃着放心。

28. 洋猪土猪

> 猪场奇怪得很，地板一半儿水泥一半儿土，猪圈里
> 的猪，一半儿白（洋猪）一半儿黑（土猪）。

过大年了，村里人到村东头葵花的猪场去买猪肉。村东头因为葵花家的猪场热闹起来了，买猪肉的人，挤成一堆，田贵抡刀，爹把秤，葵花收钱，肉放进各色的大大小小的盆里。

一个人忽然高声喊："哎，让开，让开，田柱来了。田柱来割肉了。"

爹和田贵纷纷仰起头。葵花也仰起头来。

村里人哈哈着大笑，有人扬了一下手，说："瞎咋呼，哪里有田柱的影子呢？"

喊话的年轻人说："真的，我哄你们做什么。我刚从他门口过，田柱家的嫂子拦住我，她说她看我像是要到村东头买肉，她说也给她捎着买些。她就是这么说的。"

葵花看了一眼爹，看了一眼田贵，葵花对年轻人说："我大哥那儿我们已经留着了。"

爹沉默着。田贵像是没听见她说话。

葵花接着收她的钱。

年前卖肉的情景，让葵花的干劲更大了。第二年，猪圈里跑着十几头小猪。葵花家这十几头小猪，村里人一看就笑了。村里人说葵花家的猪场真是奇怪得很，她家的猪圈地板，一半儿水泥一半儿土，她家猪圈里的猪，一半儿白（洋猪）一半儿黑（土猪）。葵花办起养猪场，村里人有说道了，村里人说田贵媳妇真是个能人，可这两口子做什么都扭不到一块儿。

　　这年买猪崽儿，田贵说买洋猪崽儿，说洋猪崽儿长得快，半年多一点就可以出栏，有的三个月多一点就出栏了。葵花说她还养土猪。葵花说她从小就不喜欢洋猪，说她娘家那些年每年都养黑猪，不养白猪。

　　葵花自从田贵将猪圈弄成一半儿水泥地以后，她跟田贵的心似乎都生分了。现在，葵花也不拿养洋猪还是土猪跟田贵争执，结果，猪圈里真的是一半儿洋猪，一半儿土猪了。后来，葵花一生气，齐着猪圈地板的水泥茬，要从中间垒一堵墙。

　　田贵拦着葵花，说："中间要墙做什么呢？"

　　葵花说："你那边的猪屎猪尿，往我这边流。"

　　田贵说："你那半边儿还是也打水泥吧，别三天两头地填土，这不是自己找罪受吗？"

　　"我愿意，我就三天两头填土给你看，我就不信，做那点活能把人累死？"葵花学着田贵口气说话，说得硬邦邦的。

　　田贵气愤了，说："你垒吧，有了那堵墙，我这边也少一些肮脏了。"

　　养猪场中间真的砌了一堵墙，他们真的各养各的猪。

29. 兽医

多年不给猪打针，手见生了。满喜叔说着笑了一下。

满喜叔的眼睛本来就不大，一笑，眼睛就笑得不见了。

村里人也有两家养起了猪。葵花知道了，心里很高兴，说村里就应该多养猪。她去那两家的猪圈看了看，那两家的猪圈全是水泥地，葵花想说地板还是不打水泥的好。葵花也不知道咋个好法，但她想夏天，家户家里的水泥院子被太阳蒸得热腾腾的，猪圈的地板打水泥，猪受得了？可葵花张张口，没能说出话来，她家的猪圈不也打了半边儿的水泥地么？

一天，葵花家里乱套了，买回来活蹦乱跳的猪娃，长到半大的时候，田贵那半边有一头猪，先是比平常安静，很快就不吃食了。田贵急着喊："爹快来，快来，猪娃不进食了。"

葵花听见了，从屋里蹦出来，比爹先跑到田贵的那半边猪场，果然看见猪圈水泥地上，一只猪娃卧着，眼睛半睁半闭。葵花一脚跳到里头，在猪娃身上摸摸，说："爹，猪娃发烧哩。"

爹移着步子，有些费力地跳进猪圈里，手伸到猪娃身上，爹的手抖了一下，对田贵说："看你康康叔在家不？就说猪病了，叫他快来。"

田贵骑着摩托车走了。去年卖了猪，赶着过年，买了辆崭新的摩托车。爹看着骑着摩托走远的田贵，喊了一声："叫你康康叔把针管给带上。"

葵花听爹说，急了，说："咱镇上怕是没有卖兽药的吧？"

爹说："你康康叔来了，才知道用买什么药。你康康叔是兽医，他懂。"

　　葵花也想起她娘家的兽医来了，她娘家村也有一个兽医，以前，村村有兽医。看着发蔫的猪娃，葵花顾不得想这些，心里难过得慌。她看见田贵骑着摩托车远远地奔来了，葵花离着老远就喊："康康叔在不在家？"

　　"不在。他家人说他给一家厂矿看门去了，都去一个多月了。"田贵说着，从摩托车跳下来，有些气喘地望着爹。

　　"你没问人家家里的针管？"爹着急地说。

　　"问了，人家家里人说，针管都是老皇历了，早扔了，不扔也锈了。"

　　葵花说："去我娘家叫吧，我娘家的满喜叔也是兽医。"

　　田贵骑着摩托车叫来葵花娘家村的满喜叔，满喜叔跳进猪圈看了看，摸了摸。满喜叔说："不像啊，以前土猪多洋猪少，这跟以前的病好像不一样啊。"最后，满喜叔说了药名，说："买来药给打上，看它见不见好。"

　　田贵买了药，把针管也买来了。满喜叔看见针管，说他家的针管，找不着了。满喜叔说着摇摇头，把药配好，在猪耳朵上打下去。满喜叔说，多年不给猪打针了，手都见生了。满喜叔说着笑了一下。满喜叔的眼睛本来就不大，一笑，眼睛就笑得不见了。

　　田贵一家三口人哪里还顾得笑，他们看见针管里的药水全注进猪身上，心里安稳了一些。

　　第二天，葵花一大早起来，扒到猪圈墙上一看，前天病的那头猪卧得长长的了。葵花失声地喊爹，喊田贵，说："你们快来呀，看昨天的病猪不行了呀。"

　　这样折腾了七八天，田贵这边十头猪就死掉三头了，这真是把田贵都给吓住了。墙角堆了一大堆用过的药盒子。接下来的几天，葵花人愁得看着都不伶俐了。

　　中午吃完饭，葵花收拾着桌子。这年收罢麦子，穗穗上学

了，穗穗离开桌子，走到爷爷跟前，要给爷爷唱从学校里学的儿歌。葵花喊住穗穗，葵花说："你怎么就不能安静点儿？"

穗穗本来兴致很高，听这样一说，脸上的笑容一下子没了，眼睛里慢慢渗出泪花儿。爹上前拉过穗穗，说："大人的事情，关孩子什么事！"

葵花收拾着桌子，不答话，"叭"的一声，一大颗眼泪掉下来，砸在桌面上。

30. 小谭

　　一阵凉风吹过，屋外的树叶哗哗啦啦，是春暖花开的四月了。

　　又是一头猪要病死了。田贵有了经验，这天，眼看这猪不行了，田贵就喊爹，说："你在这里看着，我赶紧找人，把猪给杀了，这样多少还能卖点钱。"

　　葵花听田贵这样说，说："不行，这事咱家可不能做，这是病猪，咱家可不能卖病猪肉啊。"

　　田贵说："这一头猪上千块，你能赔得起吗？"

　　葵花说："赶紧请兽医，去城里请兽医。"

　　田贵还是要去喊人杀猪。葵花说："是请兽医保这一圈猪要紧，还是杀这一头病猪要紧呢？"田贵不听葵花的话，去村里喊人了。葵花看看爹，爹低着头不说话。葵花当即回到屋里，换了衣裳。

　　葵花在晌午时候回来了，身后跟着一个戴眼镜的小伙子。葵花远远就看见院里人出人进，她叫了一声："小谭，跑起来。"葵花进院看到摊在院子里的猪肉，说大伙不要买这肉，这肉不能买，是病猪肉不能吃。

　　村里的老年人笑笑地看着葵花，他们说："不怕，以前猪吃了毒药，一样杀了吃肉；现在这猪杀也杀了，这么大一头猪，这可是粮食喂大的猪呀，扔了可惜的！"

　　小谭走上前，说："这病猪确实不能吃。你看看，"他伸手拉着猪肠子，村里人凑到跟前，他们"呀"的一声，说："猪肠子都黑了呀。"

小谭说："这是传染病。猪吃了毒药，在毒药还没有来得及扩散时，杀了吃，危险性要小一些，但这传染病可是不一样的……"

小谭话音没落，院里买猪肉的人走了大半。

有几个老年人，他们说："现在猪肉多贵呀，逮着这便宜肉了，让我们买回家去吃，我们都七八十岁的人了，还能活万万年呀……"

小谭拦住了。葵花也劝他们还是回家吧，等猪看好了病，等过年时候，她一定杀一头猪，便宜卖给大家。

年老的人拄着拐杖，拿着他们的空盆有些无奈地从葵花家的院子摇晃着出来了。院里只剩下蹲在地上的爹，和站在一旁愤愤看着葵花的田贵。爹蹲了半天，站起来，没吭声，回屋里了。田贵狠狠地望着葵花，指着一堆杀出来的猪肉，说："你能，你收拾吧。"

葵花没理他，指着猪圈，让小谭看，小谭看着猪圈，看着看着，脸上有了笑意。小谭高兴地说："你们咋一半洋猪一半土猪呢？你们这是做养猪试验吗？"

葵花心里慌乱，听小谭的问话，心里埋怨说：不快快瞧病，问这些七杆子打不上的没用话！葵花心里不高兴，嘴上不能讲，敷衍着说：哪里是搞试验，那边土猪是她养的，她不愿意养洋猪；这半边呢是田贵养的，田贵说洋猪长得快。

小谭先跳进土猪那边，摸摸这个摸摸那个，说："你这边这两天有情况没有？"

小谭这一问，葵花的心"哗啦"一下子，杂乱的心一下子轻松了大半，心想：是啊，这两天出问题的都是洋猪，她这边静悄悄的啊。

一阵凉风吹过，屋外的树叶哗哗啦啦，是春暖花开的四月了。

震醒了的葵花，愣眼看了一会儿小谭，像见到救星一样说："我真是昏了头，怎么就没有想到呢？"葵花跑到自己那边猪圈前，她兴奋着，仔仔细细看她养的猪，猪们一个个头昂着，鼻子嗅嗅着，发着骄傲的吼吼声。葵花不由得笑了，双眼在太阳光下晶莹闪亮。

小谭说："他说得对。"小谭听葵花将她的男人叫"他"，小谭也这么叫。小谭说："洋猪的确长得快，就因为洋猪长得快，大大小小的养猪场才都养洋猪，不养土猪。我来这里真是有些稀罕，我跑了多少地方，还没见过像你这里养了这么多的土猪。现在，大家都向钱看，其实，土猪好啊，土猪抗病性能强，肉质又好。现在，如果家家都养土猪就好了，猪就不会生这么多的病瘟了。"

小谭说着，从土猪这边跳出来，跳进洋猪这边。他细心看了病猪，给留了针，说先打上试试。他说："看那病肉，就知道猪是怎么病的了。以后，我还常来，我真是喜欢看你这里的土猪群。"

小谭走时给葵花留下他的电话，说如果猪有问题需要他过来，打电话就行，不用大老远跑一趟。

葵花向小谭连连点头，想说一句：天底下还是好人多呢。可是，激动中的葵花说不出一个字来。

31. 外来人

　　　　洋猪长长的嘴头就插进泥土里，东拱西拱，一边拱
　　一边不停地哼哼，鼻头仰起来，嘴巴嚼上半天，香甜的
　　样子。

　　小谭其实也不是医生，他是卖饲料的。可小谭是地道学畜牧专业的，毕业回来，没处分配，他就卖饲料。小谭说卖饲料比给牲畜看病强一些。葵花听小谭这样说，心里难过，也不细问。现在，看小谭喜欢她养土猪，葵花觉得她跟小谭就更熟悉一些了。

　　葵花听小谭的劝，再砌了一个猪圈，让洋猪跟土猪彻底分开了。天气越来越热，田贵养的洋猪，一个个待在原来土猪待的地方，它们都不在水泥地上待。洋猪一来到土地这边，长长的嘴头就插进泥土里，东拱西拱，一边拱一边不停地哼哼。它们拱一会儿，把鼻头仰起来，嘴巴嚼上半天，也不知道它们从土里拱到了什么，吃得很香甜的样子。

　　葵花家的猪场真成了试验猪场了，常有人来葵花家里观看。村里又增加了两三家养猪的，他们有的跟田贵学，养洋猪，洋猪长得快，卖得快；有的跟葵花一样，养土猪，土猪少生病，只要猪不得病，少赚一点钱，心里也踏实。小谭很热心葵花村里养土猪，说只要是养土猪，他免费为大家服务。

　　在小谭的帮助下，葵花的胆子更大了，她留心养母猪，说要养几头母猪好产猪崽儿。葵花在小谭的指导下懂得一些养猪的知识，在葵花看来，小谭说的不仅仅是知识，是学问。葵花家的猪场渐渐有了名气了。

　　这天，葵花的猪场来了陌生人，说他们是多年的养猪户，他们中的一个，个子不高，戴着眼镜，摇头晃脑地看了半天说："土猪皮实，服水土，好养；洋猪金贵，比土猪难养多了。养那洋猪比咱家里的娃还要稀罕哩。说是养洋猪能赚钱，其实那俩钱也是用钱换来的，洋猪不是这病，就是那病，一头出栏的洋猪，大病小病算起来，得你好几百块钱的药呢。病瘟一来，把人怕得真是魂儿都丢了。现在，人看病贵，猪看病更贵。药越是贵，猪就越值钱，你就越得买药。那药剂，我们庄户人看不懂，去药店买药，咱把盒子上的字看半天不明白，那是长长的一串药名，这么多年，就记下一样'胃复康'。猪病了，又没有兽医，自己凭感觉瞎治，药量用少了不顶事，钱白花；药用过量了，一针下去，把猪给治死了。养猪人赚俩钱，真是难哩。"

　　听外来人这样一说，围着的人，一会儿跟着发愁，一会儿又笑成一气，来人又说："养洋猪侍候难，养土猪不赚钱。收购猪的人来了，不管洋猪还是土猪，收购价钱一样，土猪肉再好吃，吃了再保险，人家不考虑这个，人家收猪论斤。你土猪半年出一栏，人家三个月多一点就出栏，就算药钱多一点，就算操心大一点，养洋猪也不养土猪。"大家听了，跟着葵花养土猪的人家，埋怨起来，说："哪里知道这么多，如果当时养洋猪就好了。"

　　葵花说她还养土猪，她说她以前也不知道这些，现在听了这些，她更要养土猪。葵花说："养土猪会好起来的，有谁喜欢吃用药灌出来的猪肉呢？"

　　外来人说他得到消息了，说近年来不断闹猪瘟，政府要拿钱补贴，全国各省的大型养猪场可是沾光了。

32. 积肥

地头远远近近都是粪堆。田贵把粪堆拍成梯形，拍
成三角形。

来人这句话把葵花的心给说亮了，当天晚上，看着田贵细
细致致地洗他的脚，葵花说："咱们村联合起来弄个大型养猪
场就好了。"

田贵搓着脚说："你知道大型养猪场有多大？那可得几千
头猪。"

"几千头猪怕啥？平分在咱村里人头上，一户也不过十几
头猪。"

"说得轻巧，十几头猪？十几头猪就是几万元呢。"

葵花寻思着，说："问问爹，是不是把田祥这两年赚的钱，
先凑出来用用？"

田贵不搓了，停下来，看着葵花，说："你咋站着说话不
腰疼呢？田祥的钱是盖房娶媳妇的钱，你以为你还有房子给人
啊，再说，田祥的钱爹管不管还是两说。"

"我这不是先问问爹吗？就是问田祥，我也去，我就想把
种田跟养猪联合起来做，我们借田祥的钱，不怕，我们给田祥
出利息。"

田贵气得不洗脚了，他胡乱地擦了两把脚，没想到一脚踩
空，哐啷啷一阵响，脚盆里的水倒了一地。

葵花去问爹，去问田祥。

田祥听二嫂说完，将他这些年的积蓄全拿出来了。

葵花看田祥拿钱拿得痛快，喜欢地看着田祥说，将来田祥

盖房娶媳妇，她把这些钱的利息算出来，一块儿还他。

又一年的麦子该收割了，麦收后，葵花跟田贵商量多承包一些地。她说不承包地，咱家积的这么多的粪可是没地放。现在正是种玉米的时候，咱把地包下来，马上就能种玉米了。前年承包的那块地，今年不是就有了大收成？

"猪还忙不过来呢，包那么多地你种得了？"

"我想好了，让大家一起干。"

"现在又不是农合社，谁跟你一起干？你以为你是谁啊？你说的话人家就听啊？"

葵花说："哪家都想让自家的粮食堆得多多的，不是大家不愿意种地，是眼下种地太不划算。像我们去年种承包来的地，实话说吧，捎带着就种了，种子一买全买回来，很多的方便呢。如果我们承包连着的大块地，那不知道又该怎样简省，不说别的，就说浇灌，各家那块地，你今天浇，他明天浇，每开一次机器，水都得走一遍渠道；那渠道拐弯抹角，多长啊，这得浪费多少水啊。如果是大片承包地，就不会有这样的事情了，我想着……"

"想什么想！你还管渠道里走多少遍水，你也太会算了。"

"应该算的就是要算，如果一户少用一度电，我们全村要节省多少度电？"

田贵懒得跟葵花争。

葵花跟田贵商量不到一块，找爹商量。

爹不像田贵那样犟，可爹说葵花一个女人家，管好自己家，种好自家地，就行了。

葵花问爹，没有问到心坎上。她去问村里的书记。

书记听了葵花的想法，很高兴，说葵花说的是好事，有的地方已经开始搞集体耕种试验。书记说如果葵花真能带领大家种好全村的庄稼，村里的妇女主任让葵花当。

葵花笑了，说她可不在乎当什么妇女主任，她看着大片大片的土地长不好庄稼，心里难受，她只是想把地种好。

田贵烦葵花找书记，他说："你一个女人家找人家村书记做什么？地总归是大家的，村里人种不好庄稼，碍你什么事？人家不种地，你身上疼啊。"

葵花正在擦桌子，听田贵这么说，生气了，顺手将擦桌子的毛巾照着田贵扔过去，葵花说："你怎么越来越会骂人呢，你骂人怎么还转弯抹角地骂呢？谁身上疼了？你才身上疼，你懒得不种地，你才身上疼！"那抹桌子布，没沾着田贵，在田贵眼前掉下去了。田贵不看葵花，愤愤地一脚跨出门去了。

葵花心里憋屈着，一屁股坐在炕沿上，她想田贵真是死脑筋。田贵跟葵花想不到一块，可田贵闲不住，葵花这边的土猪圈，田贵隔两天就帮着填土。田贵不再去打工，一心一意在家养猪，家里一个猪场变成了两个，猪粪一层尿一层，土越填越高，粪在葵花家的猪场隔两天就长一截子。家里的三轮车他们两人轮着开，猪粪攒到一定程度，他俩就把粪拉到地头，拍瓷实了，葵花家的地头，远远近近都是粪堆。田贵把粪堆拍成梯形，拍成三角形，村里人看着很羡慕。

33. 打闲的女人们

这么多的人天天吃什么？把泥吃了吗？把土疙瘩吃了吗？

葵花前年承包的那块土地，说好由葵花每年只交了他们家的农业税，这一天，土地的主人来了，坐在炕沿上，她听说从今年开始，农民不交农业税了。她说其实她家那块地挺好，只是撂荒了。

这是顺顺媳妇。

葵花笑着说，她正打算过去跟他们商量，如果他们愿意，是不是跟她合作经营？

来人赶紧摇手，说她不是这个意思。她说家里他爸跟俩小子都出去打工，她一个人哪里会经营……她是说是不是把每年上交的那些税给他们家？

葵花正在洗碗，听她这样说话，把碗放在一边，说："今年那块地是丰收了，嫂子别说只要给国家上交的那一点点税粮，就是把你们家地里收的麦子全要走，我也答应。可是，国家给农民这么好的政策，是让农民更好地种庄稼。如果国家免了农业税，我们更安心坐在家里，随便地怎么撂荒，那我们这么多的人天天吃什么？把泥吃了吗？把土疙瘩吃了吗？"

顺顺媳妇听了葵花的话，脸拉下来了，说："你给不给麦子是一回事，怎么教训起人来呢？现在包产到户，种不种地是个人的事情，我那么好的麦田给你种了两年，麦粒我没见一颗，倒听了你一顿数落……"

顺顺媳妇一边说，一边站起来，变脸作势地出了门。

葵花心里起了波澜，村里男人十有八九出去打工，村里除了女人，只剩老人和孩子。老人干不动农活了，小孩子每天念书，村里中年女人和年轻的小媳妇，她们凑着堆的打闲说笑。村里人打麻将成风。田柱媳妇翠娥是打麻将的好手。她跟年轻的男女一块打，跟老年人一块打。翠娥脑子够用，每场下来，谁给谁多少算得精确，有不懂的问翠娥，在麻将场翠娥是数一数二的人物，是村里有名的常胜将军，成了村里的名人。翠娥也为此觉得比别的女人略胜一筹，回家跟田柱数落她赢了多少钱，数落麻将场上的趣事。

田柱为三天长两天短地打工，气恼着。他听翠娥说打麻将头疼。翠娥每天不着家，吃饭抢人似的，扒拉到嘴里碗都顾不得刷，跳着脚出了门。这时候的翠娥走路是风火的，迎面的一只鸡避不及，腾地飞起来。对于翠娥打麻将，田柱劝过两回，可村里大姑娘小媳妇，人人都会。麻将不学自通，或者村人们一个个成了精。翠娥回来嘴巴不停地数说。田柱扭一下身子，听不到半截儿就睡着了。这很扫翠娥的兴致，他们为此无数次的斗嘴吵架。

村里光景过得紧巴的人家，女人也这里那里寻打工的门路。她们也寻不来长期的正经活路，一样是这里三天那里两天。葵花想：如果能把村里的女人们集合起来就好了。

葵花试着一家家做工作，居然把靠近她几家的庄稼地整合了。村里有些家户早羡慕葵花家这些年的庄稼。女人们在一起议论葵花家每年比她们家多收多少麦子或者玉米。她们议论一气，到底也说不出个数。在她们看，葵花家种地，每年收入一定不会少，你看葵花种地的劲气一定是这样的。这年月，谁会做赔本的买卖？

女人们有的是受葵花的影响，真心要跟葵花合作，有的是怀着好奇心来碰碰运气。村里囤囤家和满水家的地年年好庄稼。

囤囤媳妇对葵花说的一番话，笑开了怀。囤囤媳妇说话儿大声，快言快语，活泼又开朗。囤囤媳妇跟葵花很说得来，她早就打算要跟葵花合作，说这样大家跟着多收一些。满水媳妇有些迟疑，她家的地这些年跟葵花家一样，也是农家肥。满水媳妇送葵花出来，她说等满水回来，他们再商量商量。

葵花想到大哥大嫂，跑了这些家，她想不能把大哥家落下了。葵花在大哥门前站了站，抬步跨进大哥家的门，见到大嫂翠娥，把她在各家说的话一样说给翠娥听。葵花说已经有十多家同意把地整合到一块种，这样大家都丰收。

翠娥一边听葵花说，一边不紧不慢地嗑着瓜子，听葵花说完话，她不恼也不笑。她说她跟田柱能过了自个的光景，别说那块地还能收几颗粮食，就是不种，田柱赚的那点钱，也饿不着她。

34. 草木灰

　　小猪崽"吱"一声，像被烧红的烙铁烫了一般，箭似的一下窜出老远。

　　玉米秧一棵棵长成小树一样，根牢牢地扎进泥土里，肥厚的叶子黑油油地张开着，像笑起来的硕大的嘴巴。

　　这年麦收，葵花把卖粮食的钱凑起来，买了一台打地机。麦收后，葵花带领大家种了五十亩玉米地，葵花争取了十多个愿意种地的女人，她们天天在这五十多亩的玉米地里劳作。囡囡媳妇说一个人种也是种，大家在一起种地更热闹。满水媳妇也参加进来了，不过，满水媳妇参加进来的田亩不算多，只是他们家一少半。满水媳妇小心地问葵花这样行不行？葵花说当然能行，多投入多分，少投入少分。葵花说："我们大家一块儿试验，如果这样种田，大家获利，还怕你不把你们家的地全部加进来吗？"

　　一开始，这些女人有些偏心，奔着她们各自的那块地，撒肥的时候，播种的时候，她们各自留意着自家的地肥撒得薄还是厚，地种得稠还是稀；到了间苗、锄草的时候，大家在一起，不管给谁家干活，都负责任。这年的玉米收下来，她们大家分，这大片玉米有哪一块长势次些，关系到她们每个人的利益。

　　葵花很高兴能这样一块种地，她没有想到村里有这么多人喜欢种地。囡囡媳妇的腿脚总是挽到膝盖，露一截白生生的腿，满水媳妇在囡囡媳妇的腿上拍了一巴掌，满水媳妇说："这腿都露一辈子了，还这么白，怎么吃的啊。"

　　"天天喝牛奶啊，你不也天天喝啊？"

"我不喝牛奶，喝马奶，你看我的腿哪有你白啊。"

"你腿不白，但酸，你喝马奶，满嘴儿都酸。"

囤囤媳妇说着，像吃到酸柿子一样，"吸溜"一声，惹得其他几个女人大笑了。

村里又有几个女人加入到种地的队伍里来，她们有的是听说葵花地整到一块种，不用种地各样费用，如果她们出工，每天给工钱。这从哪头算都不吃亏。她们说男人出去打工还不是为了赚钱？她们在家门口就把钱赚了，她们说每天劳动，比窝在家里好多了，比在村里打麻将好多了，打麻将都打出腰病来了。

有的家只把地投进来，家里没人出工，村长家的地就加进来了。地里的女人说："村长家当然没人来干活了，村长的儿子儿媳妇都在外工作呢，让村长来地里干活吗？让村长的老婆来地里干活吗？"

还有几家情况是为了孩子念书，搬家到镇上去住了，家里只剩两个老人。老人身体一天不如一天，他们家的地也一年不如一年了。葵花去过这几家，老人当即答应给葵花种，葵花说一年收成下来，大家多少，他老人家就多少。几家老人对葵花说，让葵花放心种，葵花储备了那么多的土肥，能不把庄稼种好吗！老人说一年收成下来，给他们多少都行，比地荒在那里强啊。俩老人看着葵花，看不够似的，说家里有这么个儿媳妇真是福气啊。

葵花天天跟着女人们跑地，猪场几乎全撂给田贵一个人了，田贵心里不为葵花种地感到别扭了，葵花每天像上足劲的马达，田贵的劲气也来了，他跟小谭热情起来了，向小谭请教，知道小猪一拉稀，赶紧给猪圈里撒草木灰。葵花养的母猪产崽了，那天，小谭听到田贵在电话里说母猪要生崽，撂下手里的活儿快速地来了。

田贵家为了养猪，装上电话了。小谭来了，头胎猪崽落地了，田贵爹在一边很着急，拿来一个竹筐，垫上茅草，说小猪最怕冻。三个人手忙脚乱的，小谭吩咐田贵手利索点儿，刚生猪崽不赶紧拿开，母猪会压着它的。

田贵连连点头，看着皮儿黑亮亮的一个个小猪生下来，他的心颤动了。

生完了，生了八个啊，田贵喜得都有点晕头了。

小谭吩咐田贵，如果母猪的奶水太稠，给兑一些小苏打。小谭的话，田贵一一答应着，过后还仔细地把这些用笔记下来。

田贵看着新生的小猪一天天长大，看着新生的小母猪又生了小猪，喂完猪，田贵扒着猪圈墙，看着大猪小猪，一看好半天。田贵看着看着，有时候一个人都笑了，谁说母猪笨，母猪精得很呢，自己生的小猪崽，它见了，鼻子凑着，这里闻闻那里闻闻的，如果小猪崽拱它，就立刻屈腿卧倒，喂小猪崽奶吃；如果是别的母猪生的小猪崽想往它跟前凑，它就咬，咬得小猪崽"吱"一声，像被烧红的烙铁烫了一般，箭似的一下窜出老远。

田贵养猪养出乐趣来了，晚上做梦梦到母猪生崽。半栏洋猪出窝后，没再养洋猪。他决计只养土猪，因为洋猪也真是太花钱太费事儿了。去年冬天，饲养洋猪的人，一天三头两头地死猪，还是大头的猪呢，那病瘟听起来怪怪的，叫什么附红体、蓝耳病。小猪也一样遭灾。那真是害怕人，一头小猪四五百块呢，养猪人看着沉甸甸的死掉的猪往沟里扔，往枯井里扔，他们的心跟着往下沉，沉到后来，眼里都是泪水。他们哪里是在扔猪，他们那是在扔钱，把成沓成沓的钱往沟里扔，往枯井里头扔。

田贵心想葵花养土猪养对了，虽然没像养洋猪疯赚钱，可也没有像他们一样疯赔，没有遭他们那么大的灾难！看着天天喂大的猪，就那么咕噜一躺死掉，真叫人没有办法！田贵吓怕了。他不嫌赚得慢，可心里憋屈，你说土猪肉吃着多好多香啊，可收购人员不管白猪黑猪，一样的收购价钱。他们怎么就那么不公平呢？田贵心里憋屈得慌，他想怎么样才能让土猪肉卖出一个好价钱呢？村里村外红白喜事儿，都来买田贵家里的猪，他们说就是价钱高一点，也要田贵家养的土猪肉。可村里村外又不是天天过事，田贵养的土猪还是卖不出好价钱！

在田贵静静想着这些事儿的时候，葵花带着女人们在田间施肥，那玉米秧，一棵棵长成小树一样了。根牢牢地扎进泥土里，肥厚的叶子黑油油地张开着，像笑起来的硕大的嘴巴。禾苗的生长鼓励着这些女人们，她们每个人的肩头扛着一个塑料袋，那塑料袋里头是黑土粪。

葵花这两年就是这样把土肥粪撒到玉米根子底下，囤囤媳妇说葵花这办法好，这样就不怕碰损玉米叶子，玉米棵子的劲气这时候全在玉米叶子上呢。囤囤媳妇说着从葵花抱来的塑料袋堆上拾起一个，去装粪。有两个年轻女人，她们咧着嘴，怕脏了衣服，葵花拿出好几个厚布片，说她早想好了的，哪里会让粪沾在咱们身上啊。葵花这句话逗得大家一齐笑。

玉米地里是来来去去的人影儿，她们弓着脊背，行走在玉米叶子搭着的网络里。她们小心地走路，小心地弯腰在每一棵玉米根子下面撒粪；她们一回回把粪背进去，额头上清清的汗水滴下来，渗进厚厚的泥土，过不了多少日子，她们会在这厚厚的泥土地上收获她们金灿灿的庄稼。这片神奇的土地，会生长出多少金子一样的玉米粒啊！

葵花一边劳动，一边想这大片的土地，不能按照以前的老路子种，要学习种地的先进技术，得请人指导播种。每次进城回来，葵花都买好些关于养殖和种植的书，她看，也要田贵看。

田贵好多年不接触书本了，听葵花这样说，看一眼书，有些羞涩，说："养猪就养猪，看书做什么！"

"那可不一样。"葵花说，"书里头说得多了，你不听人给书叫什么吗？"

"叫什么？"

"师傅，不说话的师傅。"

田贵笑了，葵花看着田贵，他们相识时候的田贵又回来了。田贵是那样的不自在。葵花看着田贵，说："这是让你看书，又不是要你去相亲。你有啥难为情？"

田贵还真难为情。田贵有时候也看两眼书，那是葵花不在家的时候，葵花一回来，田贵就把书急匆匆地放下了。葵花天天去种地，田贵天天在家里养猪。他们家的日常生活颠倒过来了。有时候，葵花从地里回来，田贵把饭都给做熟了。

葵花一进门就端碗吃饭，有些不自然，穗穗娘娘地叫着葵花。葵花看穗穗，也看一眼爹。爹低头吃他的饭，葵花就更难为情了。葵花私下对田贵说还是她回来做饭吧，别让爹看着不高兴。

田贵悄悄给葵花说，"你这样说可真冤枉爹了，爹让我帮你做家务。葵花听了田贵的话，心里头一热。

35. 小学校

黑板这里那里坑坑洼洼，一小点一小点的。阳光从小小的窗口照进来，那坑坑洼洼的小点，一个个亮起来，星星一样的。

葵花越想种地，越觉着种地不是她一个人的事情。葵花去找支书，她说她想在农闲季节请人给村里人上上课，她想把以前废弃的小学校打扫出来，当作上课的场地。

支书答应了葵花，还把葵花送出门，支书说种地遇到问题，只管提出来。

葵花听了支书的话，是高兴的，或者还能说是温暖的。葵花回身望着支书站在那里的身影，有些感动。月色下，葵花看不清支书的表情，只看见支书高高的个子，站在那里，好像还朝她挥了一下手。

葵花把小学校打扫干净，请来一个戴眼镜的大学生来讲课。小学校门里门外，站了很多人。女人多，但女人堆伙里也蹲着几个男人，后来，那几个男人，在女人们的哄笑声中，站起来，转身走远了。

女人们在一块叽咕，不是拿男人来听课说事，她们是在叽咕那个讲课的大学生。讲课的大学生个子不高，看上去还是个孩子，女人们这里一伙那里一堆，她们有的也不是来听什么技术课，她们闲着，来凑热闹。以往，农闲时节，村里来个耍猴杂技什么的，一村人看稀奇，村里也红火热闹些。现在，村里整天静悄悄的，鸡鸣狗叫声也很少有了，听说葵花请人讲种麦子种玉米，大家就都来看。

　　这里头有一部分女人，是怀着想法来的，她们看见在葵花带领下那大片的庄稼地，又有女人想参加进来。

　　小学校门口的人越来越多，婆婆、老汉、小孩子也来看热闹。村里人说农村人种了一辈子地了，谁还要学习种地啊？种地还要学习啊？

　　她们说着，伸长脖子看请来的大学生，她们说："就那么个嫩娃娃啊？我们种地时候，他还在吃奶呢，他能讲什么让我们听啊？"

　　大家听到这样议论，哈哈笑起来。葵花的大嫂也在女人伙里面，她瘸着的那只脚，脚尖点着地，伸长了脖子也在看。大嫂没有跟着大家一块笑，神色淡然，眉有一点皱，也像是有些心事。

　　教室里头的桌子很多不见了，留下很少的几张不是缺角就是短腿儿，葵花把它们一张张靠后墙角摆起来，留下来一张好点的桌子，当做讲台。葵花在教室中间空出来的地方，放了几排小板凳，地扫得很干净，有刚刚洒过的水痕。墙上有现成的黑板，黑板被写坏了，这里那里坑坑洼洼，一小点一小点的；阳光从小小的窗口照进来，那坑坑洼洼的小点，一个个亮起来，星星一样的。

　　现在还没开讲。大学生坐在讲桌旁的一个凳子上面，在很快地翻一本书。翻了半天，抬头，扶了一下眼镜，看着门口涌着的人群，大学生说话了，他说："进来啊，你们进来坐啊。"门口堵着的人，听大学生这样说，又是一片大笑。忽然，人群中一阵松动，有三两个年轻姑娘从人群中挤进来。众人的朗声大笑，让大学生不好意思。现在，又看见挤进来几个姑娘，一时脸上有了红晕。这有点像相亲，相亲就是这样的场面，一伙的人堵在一家门口，想看里面相亲的人，又不好意思进去。她们就在门口堵着，屋里一有人说话，不管说的是什么，大家伙都乐，都哈哈大笑。其实她们也不知道笑什么，她们好像不是笑谁，是那种气氛让她们笑起来了。

大学生以为自己讲错了话，他想了一下，他没说什么错话啊，大学生又说："进来啊，不进来站在门口做什么？"

大伙儿笑得比刚才更欢了，这一回，堵在门口的人一下子全进到教室里来，门口一下子空出来，像张开着一个大嘴巴，也笑嘻嘻的了。拥进教室的人，有的占了座，有的在教室后面或者靠着墙站着听。

学校门口刚才站着的几个男人中间，有一个是田柱，葵花看见大哥的身影闪了一下，跟着那几个人走远了。葵花想起到大哥家见过大嫂后，没过几天，碰上大哥。葵花看大哥想对她说什么，可大哥嘴巴张了张，赶紧走开了。葵花回来还给田贵说起大哥，田贵想了想，说："现在工厂里的活路越来越难找了，怕是大哥近来又没活路做。养猪场我一个人有些忙不过来，是不是请大哥过来搭把手？"

田贵说了半天，葵花没吱声。田贵说："你怎么不说话呢？"

葵花说："大哥又不是别人，给咱帮忙当然好，咱请谁来都一样发工资，只是……谁知道呢？"

在小学校看见大哥远去的背影，葵花的想法有些坚定了。大哥养猪或许是个生手，但种地还是有一些经验的。

那天，大学生课讲得很好，一口标准的普通话，底下坐着的除了囡囡媳妇她们，还有些年轻人。教室后排靠墙蹲着几个老汉，葵花爹就是里头一个，他们一边哈着烟，一边听大学生站在讲台上说呀说。他们看见大学生在黑板上画出玉米粒的模样，老汉们不说话，嘴巴里连连哈出烟来。

几个媳妇们在底下交头接耳，她们说这个年轻人不但会讲还会画哩。囡囡媳妇手里握着个本子，她照着黑板把大学生画在黑板上的图，歪歪扭扭地画在她的本子上。葵花也带着笔和

本子。那天，村支书也来了，大学生讲完课，村支书上讲台讲了话。村支书说是葵花带动了我们大家种地，村支书说他到葵花承包的庄稼地里看了，一大片绿汪汪的，现在，大家都嫌种庄稼不赚钱，可越是这个时候越要显出我们庄稼人的本色。我们农民就是种庄稼，这是我们庄稼人的本分。我们村里的葵花不但种好自己家的地，还组织大家成块播种，这是什么？这是改革。减小成本，赢大利润，又让闲散的劳力有活干有钱赚，合作化种地值得提倡。

囤囤媳妇带头鼓起了掌，大家便一起鼓起掌来，教室里又拥进来一拨人，教室门口又堵得严实。支书讲到最后，说："给大家宣布一个好消息，村里正准备买一台收割机，明年麦收，保证大家能看到用咱自己的收割机收割麦子。"

大家又一起拍手，掌声一直送支书走下讲台，把支书送出学校的校门。

36. 畔石

田柱下炕向外头走，出了门，一直朝着葵花种着的
那片麦地走去。

葵花没想到支书会给她这么高的评价，什么改革，什么合
作化，还为村里买收割机，这是大鼓舞啊。葵花激动地望着支
书缓缓地走下讲台，缓缓地向前迈动着步子……

村里女人听了支书讲的一番话可不像葵花想的那样。村里
的女人说支书咋就把葵花说得那么好啊，葵花种田，就是支书
出的主意。你听见了吧？村里贷款买收割机！村里谁家把庄稼
当一回事儿呀。村里买收割机还不是为葵花整合的大片地准备
的吗？用一村人的钱来讨好一个人，还是村里的支书呢！你没
听说吧，葵花去支书家可不是一回两回了。她白天去，晚上也
去啊，你没听说吗？葵花在月夜里从支书家里走出来，支书送
出葵花，还朝着葵花挥手。支书挥完手，还站在那里，一直看
葵花走得没影子了才回去。刚才支书讲葵花，那口气，真是把
人都给听化了的呀。

支书当这么多年，没听说过支书闲话。

那你也得看是谁啊，田贵娶的哪是媳妇呀？那是人精！她
来到这个村就没个消停。支书咋了，支书也是人，是男人。别
看他在村子里走来走去，清高的模样，谁知道他心里怎么想！
你看看他看葵花的样子，他看他老婆也没那么酸！

凑着伙说话的女人里头有田柱媳妇，田柱媳妇听到这样的
议论，嘴一撇，脸上有了笑意。她回到家，把听来的一个字一
个字说给田柱。

田柱在家待十多天了，没活干，在家里睡闷觉，比起打工，田柱其实更想种地。在田柱心里头，种地比打工踏实，特别是田柱看到葵花带一帮人下地劳动。田柱在葵花种的那大片庄稼地里看了好几回，那里的庄稼，一扫这些年的不景气，一年好过一年。田柱喜欢看地里的庄稼，这大片的好庄稼，让他回到土地刚下放那几年。那时，家家把种地当做头等要事，他们为着一分一毫土地相争，在他们眼里，那一分一毫土地就是一行麦子或者玉米；谁把谁的地垄伤一点，都不行，他们在地头栽畔石，他们照着畔石，闭着一只眼望，看刨的地垄直不直；那是颗粒归仓的年代啊。

现在，葵花把地拾起来，种得这样好，这让田柱从心里敬重葵花。他想加入葵花种地的队伍，可是说不出口。葵花带队的全是女人，田柱也参加进去像什么话。田柱也不好意思对葵花张口，多的不说，就说葵花来他家要他们那两亩地，如果田柱在家，可不全交给葵花种？

可田柱偏偏就没在家。田柱看一眼他的媳妇，这个跟他一块过光景的翠娥，她也是女人，怎么就没有人家葵花一半儿呢？葵花天天想着怎么能过好光景，翠娥不想这些，翠娥天天不是坐东就是摆西。她什么也不做，如果手里有点什么的话，就是一把瓜子；翠娥最能嗑瓜子儿，村里人都笑翠娥，说翠娥嗑的瓜子皮都能做田贵家庄稼地的底肥了。

翠娥不能看田柱在家里歇，这些日子天天骂田柱懒，翠娥说："你睁眼看看一村男人哪个像你天天歇在家里没活干？你是死人啊，你天天歇在家没活干？"

田柱真想坐起来扇她一个大嘴巴。

过了两天，翠娥不骂田柱了，翠娥给田柱做了一顿好饭，翠娥说："田柱你咋不问问你兄弟猪场要不要人帮忙？你兄弟都三圈猪了，你兄弟咋那么贪心呢？你们还一母同胞呢，你兄弟咋就不想到你这个大哥呢？"

田柱不说话，田柱想人家不想就对了，人家想又让你去分人家的猪？

但田柱这样想，没把话说出来，他把这话说出来除了惹翠娥急，还能咋呢？

翠娥看田柱不吭声，又开始骂田柱是死人。翠娥说她真是倒了八辈子霉了，嫁了这么一个窝囊废。翠娥骂完出门去了。

翠娥回来，喜滋滋地对田柱说，田贵答应让他去帮忙，一个月七百块，田柱，七百块可比你天天晒在太阳底下赚那五百块强多了。

"葵花怎么说？"翠娥脸上的笑落下来，看着田柱，翠娥说："你不说话气人，你说话怎么比不说话更气人呢？你怎么就说不出一句好听的话呢？你提她做什么？她要是在家，田贵能答应得这么利落？"

田柱说："我还是种地吧。"

翠娥看了田柱好半天，一脚跳到田柱跟前，扬手扭着田柱的耳朵，说："只有你才说这样的混话，我真是跟你没法过了，我说你这是故意跟我作对呀。"

翠娥没把田柱的耳朵揪下来，她一脚跳到衣柜前，胡乱从柜子里往外拉自己的衣服，她说她要走，这个家她是不能待了。

翠娥收拾了半天衣服，看一眼田柱，田柱看也不看她，在炕头上不挪不动地坐着。

翠娥气疯了，一屁股坐在地上哭起来，她说她的命怎么这么苦，嫁个男人怎么就偏偏来跟她作对呀。

翠娥这回可是真伤心了，哭得鼻涕眼泪的。

田柱下炕向外头走，出了门，一直朝着葵花种着的那片麦地走去。

37. 演说家

　　喜鹊站在干巴巴的树梢头，摇着晃着，喳喳两声，
又喳喳两声。

　　天阴着，像要下雪。天阴多少回了，却没有雪落下来。年
关到了，年前后会落雪花吧？每年到了年关，天总归是要变一
变的。

　　田柱这天胆子大了，在媳妇面前有了一次小小的胜利。他
一路走，两胳膊背着，棉袄子的两角不断地呼扇呼扇。

　　田柱要种地，这话他总算说出来了，这话得说给葵花。田
柱想好了，他不怕难为情，农民本来就是种地，有啥难为情？

　　喜鹊站在干巴巴的树梢头，摇着晃着，喳喳两声，又喳喳
两声。大哥走进田贵家，看见正在扫院的葵花。大哥站了一下，
很快走到屋檐下一张板凳前坐下。看见满脸疑问站在院心的葵
花，田柱像跟人喊架似的，说他想把地拿出来，大家一块种地。

　　葵花看着大哥，高兴得直点头，葵花说她早想请大哥来帮
帮她。

　　葵花说着扔了手里的扫帚，走过来坐到另一张板凳上，跟
大哥说了半天种地的事儿。葵花问大哥这年种麦子全部费用加
一块儿多少钱？

　　大哥说了个数。

　　大哥主动提出种地，正合葵花心意。她觉得心一下轻松了
不少。大哥前脚离开，田贵从猪场回来。葵花高兴地对田贵说
大哥来过，提出要合作种地。

　　田贵洗头洗脸，他听见了，没搭话。大哥在家坐着有些日

子了，田贵不是不知道。他倒想叫大哥帮他养猪，昨天那女人刚找过他，让大哥帮忙养猪，现在，大哥又来家里想要种地。这不，两口子一定又在闹架。田贵一边想，一边扑腾着洗脸。他决意不招惹大哥家那女人，大哥想养猪想种地，由他们吧。

葵花不知道田贵这番想法，她高兴地说完大哥，又说她还得找书记商量。

田贵一听，毛巾"啪"的一声，甩到水盆里。盆里的水四溅，像锅里的水煮开了。田贵说："你种地老找支书有什么好说？"

葵花也急。葵花说："刚才大哥说了，他两亩地花的那些费用，够咱种三四亩地了。我得跟书记说说，让村里开个会，如果全村都这样种地不但种得好，还要省好多钱呢。"

田贵说："又是省钱，省省省！这关你什么事，你是村干部啊？"

葵花不听田贵说，葵花换了件衣服，只顾跨出门，走远了。

村里开大会，村长也在，来的人稀稀拉拉的，他们是老人，是女人，也有男人。他们这里一帮，那里一伙儿。书记村长看了看台下，又对看了一眼。村长说："今天书记要给大家说说种地的事，其实这事情大家私下也可以相互鼓动起来。眼下大家都知道打工比种地收入多，都愿意打工，不愿意种地，可大家都去打工谁来种地呢？我们村葵花做得就很好，她这几年组织大家来种地，搞得很好嘛。好事情，我们大家就发扬。现在，书记来给大家讲话。"

书记讲了很多。书记说现在劳动力在涨价，机用油在涨价，耕地却越来越机械化了，成块种地相对要节约得多。开会的男人女人不等书记把话讲完，在下面悄悄议论，他们说，眼下粮食涨价，田贵家里积攒了这几年的粮食都要卖很多钱吧？这些人越说越远，他们说书记喝了迷魂汤，向着葵花说话，要我们大家交出地，让葵花来种！这不是明摆着让葵花当地主吗？

　　有一个转过头来拦住说话的人，说你们别嚷嚷了，现在是听书记说话还是听你说话？

　　这里那里就稍稍说得低一些，但还是不住地交头接耳。

　　书记讲了大半天，说葵花种地模式得大力推广，让更多的耕地加入到葵花的大片土地中，让更多的人去种地。书记说到最后，扭头看村长，问村长还有没有话要说？

　　村长摆摆手。

　　书记看台下，大声问：葵花是不是有话要说？

　　葵花说她还真是有两句话要说。

　　葵花刚站起来，她看见爹"忽"地站起来，背了手，直着腰，走出了会场。

　　葵花看见了，但这并没打断她要讲话的思路。葵花讲她这两年种地的经验和感受，她说："大片种庄稼真的比一家一户种要经济，这经济不只是省钱，还省劳力。往常庄稼非得男人种，现在女人也能把地种好。"葵花说她看报纸了，国际粮价在提升，外国农民都在拾荒种地呢，我们能把我们好好的土地荒那儿不管吗？

　　葵花这样一说，底下坐着的人静了一会儿，一下子嗡声大起来了。他们不知道在说什么，听起来有些激动。忽然哪里一啪，很快有掌声啪啪啪响起来。

　　葵花不知道她这样说，会有掌声。会后，囤囤媳妇在葵花背上打了一下，说没想到你还是个演说家哩，你刚才那一说，把底下的人一下子拉回到南泥湾开荒种地了。囤囤媳妇说着就哼了两句《南泥湾》。葵花也拍着囤囤媳妇笑了，葵花说我们村里还出歌唱家了。

　　葵花跟囤囤媳妇一路说笑着，囤囤媳妇说："葵花你咋就知道那么多？你教教我们，也让我们开开眼。"

　　葵花说："报纸上说的可多了，你一看心里就亮堂了。"

囤囤媳妇说："你是个精明人，一看就亮堂，我们连报纸都不知道横竖的，只怕越看越糊涂。"

她们一路说着，走到葵花家门口，囤囤媳妇还要跟葵花说笑，听见葵花爹可着嗓子"咳"了一声，她们看见葵花爹从屋里走出来。

囤囤媳妇吐了一下舌头，她跟葵花小声说了两句话，拐一个弯，回她家了。

葵花从门里进来，她刚要问爹，却见爹扭头快步走回他的屋里了。葵花看着田贵从爹房里出来，看也不看她，一扭头回到他们的屋里。葵花也快步进了屋，她看见田贵脸上有些怒色。

这天晚上，田贵跟葵花闹了一夜，田贵说葵花这样下去，这个家没法过了。

葵花看着田贵，说："这个家怎么个没办法过？"

田贵说："老百姓从来是各扫门前雪，过好自家的光景，你管人家那么多事做什么？你还要管全村人的事情，全村人的事情是你管的吗？你管得了吗？你一个女人家，除了能惹出闲话来，还能做什么！"

葵花听了这话生气了，她说："我惹出什么闲话来了？女人为啥就不能管管村里的事情？你要这样说，村里种地的事情我还管定了。我就要搞合作种地，我还要成立农业合作社。"

看着葵花犟着的脸，田贵的脸成猪肝色了，他猛地抬起胳膊指着黑洞洞的外面说："这个家放不下你，你给我走！"

葵花看着田贵的样子，眨巴了一下眼睛，向田贵跟前走了一步，像说悄悄话一样对着田贵的脸说："你说什么？你再说一遍让我走！我说田贵你真是想错了。我走，我想说，要走你走！"

"你再说一遍！"

"我说了，要走你走！你走！"

　　"啪"的一声，葵花的脸上一下子火烧火燎的，葵花感到她站在那里生了根似的。好半天，意识一点点在她身上恢复，她把看着田贵的双眼从他的脸上慢慢移开，移开到屋里的这里那里，她感到热乎乎的眼泪往下淌，一直都淌到脚底了。但葵花悄然无息地从田贵面前走开，她不愿意让田贵看到她流泪，她悄然无息地上炕，悄然无息地躺下来。

　　第二天，葵花把庄稼地里的井房收拾起来。平时女人们常来这间井房歇凉，这天，这个井房在她们眼里焕然一新。井房里头的墙壁用报纸全糊了，里头多了一张钢丝床和一张学生课桌。床上一床薄被，桌上一个暖瓶。女人们笑葵花这是要到地里安营扎寨。葵花说还真是让她们给说对了，她早想来这里看地里的玉米了，你看那一穗穗玉米真是棒槌似的，前两天有一行被人给掰了。几个女人听了，个个气愤，她们说："这是哪个耗子做的事情？他们偷吃也不怕害牙疼。"囝囝媳妇说，大家轮流在这里看护，今天她先给葵花做个伴。

38. 井房

晚上的夜，凉凉的，到处有虫子的鸣声。

八月的夜色，清亮亮的，深蓝色的夜空中，挂着一张快要满的圆月。月亮的周围，有一抹黄色的晕圈，近近远远的星星，一闪一闪，多安静的夜啊！

田贵的心安静不下来，他做错事情了，昨晚那一巴掌下去，他知道他错了。天一亮，他看见葵花搬了床搬了被子，又提了一个暖瓶。看着葵花这样做，他想拦住葵花，想对葵花说他错了，可田贵说不出口。他看到爹给他使眼色让他拦住葵花，田贵就当没看见，他在生爹的气。如果不是爹给他这样那样地叨叨，他怎么会那么冲，伸手打葵花呢？

现在葵花要走了。在田贵眼里，老老少少的女人，哪个不是一闹架就撒泼啊，跳井上吊都有啊，最少也是回娘家。昨天，田贵心里一直担心葵花回娘家，女人闹架回娘家，在娘家住下来，那麻烦可就大了，做丈夫的是要上门听丈母娘数落，人家娘家兄弟也要跟他理论。田贵害怕葵花回娘家，只房子一件事情，田贵就不知道该怎么排解。葵花这些年跟他过的是什么日子，别人不清楚，田贵心里不清楚？

田贵这样一想，直恨自己糊涂脑子！

可是，葵花昨晚安安地睡了一夜，第二天一早，上地头了。

葵花没想着要回娘家，这让田贵的心放下来，可他没想到葵花要去井房住，这可难坏了田贵。看着葵花进进出出，看着葵花浮肿的眼睛，田贵心里滋啦滋啦地疼。葵花推着自行车一点比一点远，田贵急得眼泪都要流出来了。

　　晚上，娘不在，穗穗比平时安静，比平常更早一些跟着她的爷爷去睡觉。夜深了，田贵走在月光下。他一边走，一边望井房里的灯光。这是多年的井房了，田贵小时候在井房里玩，长大了，来井房排队浇地，开闸关闸。可是，他从来不像今晚看这个井房有感情。葵花的影子老在他眼前转呀转，葵花的脸就像天上满当当的月亮。葵花对他多好啊。葵花嫁给他，受了多少委屈，受了多少苦。葵花活得多简单啊，她不像村里的女人比着吃比着穿，她跟别的女人不一样啊。难道仅仅为了村里人对葵花这样那样的猜疑？他就责难葵花，打葵花吗？

　　田贵不相信葵花会像他们想象中那样子，只要看葵花的眼睛就知道。田贵不敢想葵花是不是真的有人看上，田贵想到这，心里"忽"地热了。他想就是葵花真的有人看上，就是葵花真的爱上别人，他也还是爱葵花。田贵这样想着，眼睛就湿了。

　　井房一点比一点近了，田贵听到里面有人说话，他一愣，站住了。忽然，井房里响起嘎嘎的笑声，那是囤囤媳妇，田贵提着的心放下来。田贵想囤囤媳妇可是个热心肠，一边想一边走近井房，在井房门外蹲下来。

　　晚上的夜，凉凉的，到处有虫子的鸣声。囤囤媳妇讲几句，笑一回。囤囤媳妇说："你家男人田贵看着像个书生，身上衣服也总是干干净净。我家囤囤猪一样，如果田贵像他，你早踹他下炕了。"囤囤媳妇说着又笑了一回。

　　田贵听着，只听得囤囤媳妇这样说那样说，笑得一大片，听不见葵花的声音。田贵多想听葵花也像囤囤媳妇那样大声嘎嘎着笑啊。他听到囤囤媳妇跟葵花讲她跟囤囤闹架，囤囤媳妇说："你家田贵才打了你一巴掌，我家那死囤囤跟我闹起来手打脚踢呢。我跟他闹一架，身上常常这里青一块那里紫一块的。你还是比我年轻，过两年你就知道了，男人打女人那不算事。男人跟女人一块过光景不打架那日子真是寡淡得没法过了。"

囤囤媳妇歇了歇，说："你看你，我说了一晚上了，嘴巴说得没了唾沫，你怎么还是一直抹泪儿呢？照你这样，还不把一个活人给哭死了。你平日里读书看报的，懂得比我们多，我说你还真跟田贵记仇啊。"

田贵听着，心里一凉。这时，井房的木板门"吱呀"一声，一缕光透出来，囤囤媳妇从门里闪出来了。田贵躲不及，半站着，不知道该站起来走还是接着蹲下，就在田贵惊疑之间，囤囤媳妇"娘呀"一声惊叫，一屁股坐在了地上。

葵花吓了一跳，喊着囤囤媳妇一脚跳下床，她的头脑里想到狼想到狐狸。她一脚跳到囤囤媳妇跟前，一把扶起囤囤媳妇，她说怎么了，你怎么了？这时候，葵花看见了田贵，囤囤媳妇也看见是田贵。囤囤媳妇这一倒，身上披着的外衣挂在膀尖上，囤囤媳妇把膀尖上的衣服一把拉下来，在田贵的腿上抽了一下，囤囤媳妇说："死田贵你吓死我了，你真要把我吓死啊。你来看媳妇就敲门，你守在门外做什么呀！抽的哪根神经啊！"

囤囤媳妇这样说，在平常，要笑倒多少人啊，可田贵望着葵花不知道说什么好，他想笑一下，却见葵花一扭身回井房里头了。囤囤媳妇也不管他们，下了井房前的台阶，钻进玉米地里解手去了。

囤囤媳妇回来，看田贵低着头蹲在井房门里，葵花坐在床上不说话。囤囤媳妇说她走了，囤囤媳妇说有话他们好好说，可别吵起来啊。葵花站起来一把拉住囤囤媳妇，囤囤媳妇有些为难地看着田贵。

田贵站起来，一脚跨出了井房。

39. 猪贼

　　田贵一看见那乌黑油光的小猪崽，心里美滋滋的。

　　现在，猪娃的价钱疯长，一只小猪娃就是一疙瘩黄金了。

　　田贵回到家半夜了。他在炕上扭到这边扭到那边，他难过地想葵花真是要跟他记仇了。田贵想还是让葵花回她娘家吧，还是让葵花娘骂他打他吧，只是不要让葵花记他的仇。他这样想着不知道几点迷迷糊糊睡着了。

　　就是这天晚上，他们家遭遇了大事情。

　　第二天，田贵不像往常早早地起床，他好像比往常懒怠了。

　　爹在院里声嘶力竭地喊田贵，说快起来，有两圈猪不见了。

　　田贵怪爹大喊大叫，可爹真是都要哭了，说真的啊，两圈猪全不见了呀。

　　田贵飞身起来，奔到一个又一个猪圈，两圈猪真的连根猪毛都没了，三圈猪只剩下最后分出来的那一圈。田贵大脑一片空白，呆呆地站在空旷的院子里。他看着大哥跑着从门外撞进来。

　　呆呆的田贵，一屁股坐在地上，好好的天，在田贵，已经是飓风旋滚，天昏地暗。

　　前几天，刚有一窝小猪崽，十一个哩，田贵一看见那乌黑油光的小猪崽，心里美滋滋的。现在，猪娃的价钱疯长，一只小猪娃就是一疙瘩黄金了。可田贵只想到小猪像黄金一样在涨价，他没有想到贼偷金偷银，却盯上他家的猪。他们家的三窝猪贼就端了两窝！

　　田贵一屁股坐在地上，连哭的力气都没有。那些猪就是他的命啊。一夜之间，好几万元丢了啊。

　　田贵养猪场里，挤了一大堆人，他们说田贵家的猪怎么就给贼偷了呢？

　　葵花回来了，她从人堆外面，挤进来，看着地上坐着的田贵，看着田贵泪如泉涌。她转身对挤在一堆的大伙说，"大家还是散散，散散吧。"

　　院子里的人哪里肯听，越挤越多。

　　葵花也管不了那么多，她把田贵从院子里拉起来，扶着田贵回屋里了。

　　是大哥田柱去井房叫回葵花。囵囵媳妇一听说葵花家的猪遭了贼，先一下子嚷开了，她说："这谁信啊，有狼吃猪的事儿，还没听说贼偷猪。这贼也真是太狠心了啊！"

　　葵花一看大哥的慌张样子，像吃了冰坨子，她一路跟着大哥飞奔。

　　当天，公安局的人也来了，他们来到田贵家，看了看现场。过了几天，村里又出了一起偷猪事件，村里的养猪人个个慌了神，他们一个个在猪圈旁边搭棚，他们跟猪睡一个屋棚里。那猪的尿臊味儿，真是要多难闻有多难闻，可再臭也比猪被偷了强啊。

　　田柱在剩下的那一圈旁边也搭起一个棚子，爹在一旁帮着田柱，爹说屋棚搭起来，他睡在里头看猪。

　　猪被偷了这几天，爹有点躲着葵花。爹想这都怪他，如果不是他多嘴，田贵就不会跟葵花闹，葵花也就不会离开家，田贵也不会像丢了魂似的。爹想这贼真是鼻子长啊，这贼的眼睛真尖啊，整整两圈猪，一头猪一千多块，几十头猪……田贵爹一个人悄悄落泪了，他一辈子都赚不回那个钱啊。

　　葵花为了猪被偷，为了这大的损失，不曾哭呀闹呀的。可只要看看她的脸色，你就知道她的内心受了多大的煎熬。

　　村里人说人丢了有贴寻人启事的，现在猪丢了，就贴寻猪启事。有人说，让公安局查吧，这么大的事情，公安局能查不着？

葵花没有让贴寻猪启事，也没有追公安局查，她最在意的是田贵。田贵像是干了多少天的活，累坏了。他倒是想从炕上爬起来，帮帮葵花，就像以前葵花管种地，他料理家里的猪。

可田贵只是这样想，他的头沉得坐不起来。葵花跟田贵好了，葵花看田贵是真心疼，这样田贵打她耳光的事情就给过去了。他们又回到以前的日子，好像他们从来没有闹什么架。

葵花想两圈猪是贵了一点，可再贵也没有人金贵不是？她劝田贵不要把丢猪这件事情放在心上，就当他们打麻将赌输了。葵花听人家说这个那个打麻将输很多钱，她跟田贵从来没摸过麻将，葵花不喜欢麻将，田贵也不沾麻将的。可这样一个人，为着丢了两圈猪伤心得从床上起不来了。葵花不能让田贵为了这件事情心里难受，她甚至还在田贵跟前快活一些。

田贵望着葵花，他有多少话要说，就是说不出口。葵花起早贪黑一边操持家务，一边照应地里的庄稼。地里的玉米眼看要成熟了。

40. 猪棚

　　砍来的棘刺一枝儿挨着一枝，用厚厚的泥糊在猪墙顶。那一枝枝棘刺上面全是小圆绿叶儿，但这里那里露出的是又长又尖的红刺头儿，那红刺头儿是针呢。

　　大哥没让爹睡猪棚，大哥说还是他睡猪棚吧。

　　田柱从家里抱铺盖，媳妇翠娥不高兴了。她说田柱才给田贵帮忙，就要睡猪圈？翠娥不要田贵抱铺盖睡猪圈，翠娥说："你不跟我睡，你跟猪睡啊。田贵家的猪真是比我还值钱啊。"

　　田柱不理翠娥，自顾收拾了铺盖，来到猪棚。

　　田柱跟爹和好泥，把砍来的棘刺一枝挨着一枝用厚厚的泥糊在猪墙顶。那一枝枝棘刺上面全是小圆绿叶儿，但这里那里露出的是又长又尖的红刺头儿，那红刺头儿是针呢。

　　爹一边干活，一边不停地念叨，他说这回扎死你个偷猪贼。每一锹泥下去，爹都这样念一句，像是偷猪贼就在眼前，那红红的刺头真扎在偷猪贼的身上了。

　　田柱不吭声，但爹每念一句，他的心里就一轻松，他也当这红的刺头儿刺到偷猪贼了。田柱看挣扎着的葵花比躺在炕上的田贵还要难受。田柱这样想，心里责怪田贵。田柱是从爹这里知道田贵跟媳妇闹架了。田柱想田贵真是糊涂脑子。现在可好，一个大男人倒躺在炕上起不来了。

　　这天，爹把两万元交给葵花。爹说这是老三田祥回来给的。他听说家里出了事，这些钱用得着。

　　葵花看着钱有些不知所措。她说出事前，正打算要还田祥的钱呢。

爹说田祥说了，先再买些猪崽儿，把那两圈猪重新养起来。

葵花听了，心里发酸，喉咙发哽。她把钱从爹手里接过来。葵花看着那钱，在手里左摇右晃，一会儿薄一会儿厚，直到两颗硕大的眼泪从眼眶里滚落下来，那厚厚的两万元才变得真实起来。

这年秋天，玉米大丰收，顺顺媳妇来找葵花，她把地又送回来了。她说葵花种地种出样子来了，你看今年玉米收成多好！

葵花看见顺顺媳妇，忘了上次她来家里的不好了。葵花说马上就要成立合作社，只要愿意，入多少股都行。

顺顺媳妇欢喜地拍着手说，入多少股先不说，她先入个人股，以后就跟着大家一块种地！

这年玉米的收成，让大家欢喜。囤囤媳妇说这年秋季她该得的分成拿回家，囤囤真有点不相信，囤囤说像这样一年种地下来，收入也不少。他说男人在外头打工赚钱，女人在家里种地，这叫什么，这叫新时代的牛郎织女。

囤囤媳妇第一个带头哈哈大笑了。有人拍一把囤囤媳妇，说："你男人说的也不对，现在男的还是牛郎吗？那都是工（公）郎了。"

囤囤媳妇又笑，她说："郎不是公的还是母的啊。"

大家一起又笑了。

田贵听到那两圈猪又养起来，他心里轻松了一些，身体一天比一天好，他从炕上起来了。

田贵跟田柱换着睡猪圈。

41. 灯葫芦

有车拐过来，朝着村的方向开来，他的头伸着，胸口直跳。听见村里人说田祥能干，田祥爹觉得他的头发一下子竖起来，能听见他的头发噌噌往上长。

春节刚过，家里商量盖新房，田祥该到娶媳妇的年龄了。

老大田柱娶了媳妇以后，爹出面向村里要了一块地基，说是给老二田贵要。老大结了婚，住了房，老二总该有块宅基地吧？

可是，老三田祥娶媳妇的事又在眼前了。

村里的宅基地一年比一年难批。眼下，只有村里那块打麦场。这两年，打麦场上蒿草一人高了，麦场上再也看不见麦秸垛。

葵花看一眼田贵，说宅基地给田祥吧，反正养猪场也离不开人。

爹抽着烟，不说话，这事情就定了。

晚上，田贵怪葵花多嘴，田贵说村里的宅基地，就是那块麦场了，真的要不来宅基地，他们以后怎么办？

葵花想了想，说："我们不能看着田祥把婚结在那两间破屋子里头。田祥是个懂事的孩子，这些年没让咱们操心不说，还帮了咱们不少忙。田祥知道心疼人，年前猪被偷了，为了买猪崽儿，他一拿又是两万……"

葵花说着眼里热乎乎的。葵花看田贵不说话，葵花说："如果田祥是个不争气的孩子，我们大家还看着他不结婚咋的？"

田贵拍拍脑袋，苦笑了。

田祥回家来了，他是开着小车回来的。田祥这几年看着都

像一个城里人了，他一月回不了两次，回来不是他一个人开车，就是跟人一块开车回来。村里人问："田祥你买上小车了？"

田祥不答，拍拍车，仰头问："咋样，还行吧？"

村里人琢磨，他们说田祥再在城里混，也还是一个娃娃，哪能买辆小车回来。他们又说，可也说不准，听说田祥经营一个车队，买辆小车也不是难事。

田祥爹见田祥回来，嘴巴笑得合不拢。爹待不常回来的田祥像亲戚一样，给他又是倒水又是递板凳。爹坐在村口跟老人们一块聊天，老望村口那条路，如果有车拐过来，朝着村的方向开来，他的头伸着，胸口直跳。听见村里人说田祥能干，田祥爹觉得他的头发一下子竖起来，能听见他的头发嗖嗖往上长。

田祥回来在家里待不住，前脚进门，后脚就想着出门。这回，爹逮住他不放他走。爹让他叫来大哥田柱、二哥田贵。

三兄弟很少碰面，屋里静了静。田祥看着大哥、二哥，他说："你俩行，在家里能待得住。我不行，我在家里最多待半天，再多我的心里就发慌。"

大哥、二哥不接田祥的话茬。他们从来看不透这个三兄弟，他们当然看见田祥开着车来去的，但他们知道田祥总归是要回到村子里来，总归是要盖房娶媳妇的。

大哥看着田祥说："爹要给你盖房子。"

二哥没看田祥，他说："还是安心回家里来，你到了娶媳妇的年龄了。"

"不急。这是我的事，你们不要操心。"

"你在外头混这些年了，能在外头混一辈子啊？"爹说。

"我哪是在外混哪，我是在赚钱，赚钱你们不懂啊？如果你们留我要说这事，那我正有话要对你们说。我相中媳妇了，也相好房子了。我要在城里买楼房。"

田祥的话把爹镇住了，把大哥和二哥镇住了。爹脸上的微笑一下子僵那儿了。他愣着眼看三儿子。

大哥、二哥也惊奇地看着田祥。他们好半天都没说出话。

葵花看着田祥，葵花说："城里的房子得多少钱？"

"最少三十万。"

"妈呀。三十万！"大哥叫了一声，"三十万你也敢买呀，你会抢钱啊？"

二哥说："田祥你真的赚了这么多钱？"

田祥看着他们一个一个，说："看把你们吓得，三十万现在没有，以后慢慢就有了。"

"以后，以后是什么时候？你大哥、二哥在你这年龄，早结婚了。"爹脾气暴躁地说。

"结婚早又怎么样？房子还不如人家工人住的窝棚呢……"

田祥还要说，爹跳起来，指着田祥："这房子怎么啦？去年你给你二哥钱让你二哥买猪崽儿，我还当你是个有情有义的清白人，你看你今天说的这些混账话，什么是窝棚？你这样说还不盖新房了。你娶媳妇就娶在这里了？"

听爹这样一说，田祥"扑哧"一声笑了，田祥说："爹，你发什么火呀！你让我把媳妇娶这里我就娶在这里啊！"

爹说："老大老二，你们都别管，田贵借田祥的钱也不要给他还，我让他买楼房！"

田祥又笑了，田祥说："爹你就别折腾了，大哥二哥都不宽裕，我买房就没想要他们帮忙。楼房是买定了，房款首期都付了，剩下的从银行里贷……"

爹傻了一样浑身哆嗦，爹说："你说什么？你再说一遍……"

田祥眨眨眼还要说，只见爹浑身哆嗦着，在地上转了两圈，伸胳膊抡起灶台上一个落满灰尘的灯葫芦。

这灯葫芦陪了爹差不多一辈子了，或许还是田柱那过世的

娘的嫁妆呢。没电的时候，爹就用这灯葫芦照明。爹一点这灯葫芦，穗穗高兴地左看右看，说："这是什么？"

"灯葫芦。"爷爷说。

停电了，穗穗跑进爷爷房间里，穗穗说："爷爷你的灯葫芦呢？你还不让你的灯葫芦亮起来？"

现在，爹抡起那灯葫芦，一眨眼飞过去，只听"啪"的一声，灯葫芦碎了。

爹指着田祥大骂，说："你把钱花到城里，你就不是我儿子，我不要你这样的儿子。"爹说着呜呜地哭了。

爹说"我还指望在村里亮亮堂堂盖一座房子，你看看这小子，一个人的主张就在城里买了楼房。你在城里买房，算什么？！"

"我可不要像你们一样！"田祥还要说，葵花推着田祥出来，葵花问田祥："你真的相好媳妇了？真的拿定主意在城里买房？"

田祥点点头，说："她在城里工作，她家就住城里……"

葵花低头寻思了半天，说："这么大的事情，你也早该给爹说，给我们说，我们心里也好有个数。再说你哪里有钱首付呢？我把你的钱连本带息攒好了，明天取了给你，不够的话，我跟你二哥再给你凑些。"

田祥笑了，说"二嫂还真给我利息啊，我要你利息成什么人了？"田祥说着，望着二嫂说："真不用，二嫂，这些年……家里真难为你了，还有爹……这些钱你就先放着，首付她家已经先垫上了。"

葵花看着田祥，好半天没说话，葵花想起她借田祥钱的时候，田祥喜滋滋的样子，她想起她刚嫁到这个家，田祥淘气的模样来。看着田祥，葵花有一种想哭的感觉，她的目光柔和地打在田祥的头上、脸上，眼里含着慈爱。葵花说："田祥真能干啊，看来那姑娘铁了心跟你啊？"

田祥开心地笑了。

"哪天把姑娘带回家来？"

"行，二嫂，我把杨艳给带回家，你看看。"

田祥说完，为难地看着二嫂，说他还是回城吧，爹那里二嫂帮着劝劝。

葵花答应着，拍拍田祥的胳膊，看着田祥上了车，看着车带着田祥一路走远了。

42. 盖房

爹最喜欢听这样的话了，人家一问，爹笑得满头乱颤。

爹还在家里骂呢，葵花进去，看着爹气得还是一个劲儿地
哆嗦，葵花说："爹还是消消气，田祥到底跟我们不一样，他
赶着现在的时代了。"葵花说照她的意思，田祥在城里买房也
是好事。

"好事？把大把的钱花到城里？还要到银行里去贷款？
我活一辈子了，家里虽没有富裕过，可也没欠这家那家的钱，
更没欠公家的债，现在好了，养了这么个活土匪，敢给银行借
款用了。"

葵花说："那不是借用，那是贷款，贷款现在又不是什么
稀奇事，咱家买打地机不是也贷款了吗？"

爹看着葵花，手在膝盖上拍了一巴掌，说："你们现在咋
折腾是你们的事情，你们都是成家的人了，我管不了。可田祥
在城里买房，这是不要这个家了啊。"

大哥看一会儿葵花看一会儿爹，大哥说："田祥还是在家
里盖房吧，农村人住到城里像什么话。"

葵花说："人家姑娘是城里人，姑娘在城里还有工作。"

爹听了，两手一拍，爹说："田祥这小子原来是相了一个
城里姑娘，那是让田祥当上门女婿啊。"爹说："现在在城里
买房，原来是不要我这个爹了啊。"

爹说着，一下子哭起来了。爹说："我巴巴地看着他一天
天长大，原来是认了亲娘亲老子了啊……"

葵花没有想到爹这样想，更没想到爹会这样激动。他们一

齐劝爹，他们说田祥怎么会不要你这个爹呢？

爹为田祥的事情病倒了。爹什么苦都能吃，但爹承受不了这个打击。爹一个人躺在炕上，泪眼婆娑。爹想他一个人苦了这么些年，大儿子田祥、二儿子田贵都没打光棍，到了三儿子田祥这里，倒去给人家做上门女婿？他喜欢这个三儿子啊。三儿子是他的心肝，是他的宝贝啊。三儿子聪明伶俐，他一看见心就像开了花。可是……三儿子提起在城里买房的高兴劲儿，老人想起来真比刀子扎心呢。

爹想三儿子他是白疼了！爹这样一想，泪如泉涌了。

葵花不能看着爹天天这样躺在炕上，她给田祥打电话，让田祥回来。

田祥听说爹为这件事情病倒在炕头了，急忙赶回来。这次，田祥把杨艳也带回来了。当爹听说田祥不在城里买房，看到田祥回来带来的杨艳姑娘，爹从炕上一下子坐起来。他让田贵去买菜，叫田柱和媳妇翠娥一起过来，吩咐葵花中午大家一块吃饭。

这天是爹最开心的日子。翠娥这些日子虽说也埋怨田柱天天睡猪棚，可是田柱总归天天有事情做。翠娥在心里多少有了一些转变，她的头脑里甚至都冒出一个念头来了，她想她是不是也跟着葵花种地呢？但这也只是个念头。这天，她听田柱说田祥要带新媳妇回来，便跟着田柱来了。杨艳姑娘比葵花想象的还要像城里姑娘。杨艳姑娘并不是那种耀眼的亮，却大气，见人乐乐呵呵的。饭桌上，说起家里的养猪，说起家里的种地，杨艳姑娘说这些田祥都对她说过了。杨艳说真佩服二嫂，不是工作，她会跟着二嫂一块种地。

葵花高兴地说："快别说吧，你一个城里人，种地哪里受得了啊。"

杨艳说："农村人可以做城里的活，城里人也能投资种地。二嫂将来成立了公司，你就是总经理了。"

葵花说："大嫂你听听，这就是城里姑娘，见多识广，比我们可是厉害多了。"

田贵家里开始盖房。村里人有的说是给田贵盖房，有的说是给田祥盖房，田祥要娶媳妇了。

自从田祥带着未过门的媳妇回来以后，爹精神起来了，村里人遇到他问："听说田祥相了一个城里姑娘？听说田祥要娶媳妇了？"

爹最喜欢听这样的话了，人家一问，爹笑得满头乱颤。

村里人说："你家田祥出息呀，又会开车，又能娶到城里姑娘做媳妇。"

爹开怀大笑。

村里人又说："听说田祥在城里买房了？要去城里住？"

爹一听这样说，脸一下子拉长了，头歪在一边，眼睛瞪得老大，看着那人，爹说："听谁胡吵吵，你看我家田祥能做那样的事情么？他是我的儿子，现在我们家不是已经在村里盖房了吗？这是给田祥娶媳妇盖的新房，房子盖成了，就给他娶媳妇，你就等着来我们家里喝喜酒吧。"

43. 收割机

> 黄澄澄的麦粒，从他的手里飞出来，一股一股猛烈
> 地飞溅，水流一样地，流到麦粒堆上，很快地往上冒，
> 很快又是一座黄灿灿的金山。

春天，这里那里都是劳作的女人，很远就听到地里的说笑声。这是广袤的田野，女人清脆的嗓音，传播着。她们说在地里劳动比打麻将好得多，打麻将把身子都坐硬了，运动起来满身的筋骨都活动开了。咱这田间劳动比得上城里的健身器材了。

这样的玩笑话说得地里的女人哈哈大笑，葵花说："只要我们守好我们的地，守好我们的庄稼，还怕没健身器材吗？我们会一样住城里的楼房，像城里人一样生活。"

"我们也跟城里女人一样跟着男人街头乱逛吗？"大家听了，一伙先笑开了。一个说："这个也说吗？那我们是不是也跟自己男人一块洗澡？"大家的笑声更响亮了。

新房盖成了，田祥结婚的这一天，村里干部都来了，他们来参加田祥的婚礼。他们在这个欢庆的日子，还要办一件大事情，全村的农业合作社正式成立了。

村里干部在鞭炮声中给田祥这对新婚夫妇带来美好的祝福，对葵花带头搞合作种田给予大力表彰。村里领导还提到全村养猪，提到田贵这些年宁愿少赚钱也养土猪。支书说了，这也是值得提倡的事情，他相信中国猪市终归要向土猪这边扭转过来。他说："我们村不但要合作种田，还要合作养猪，把我们全村养猪户联合起来，发扬我们传统养殖模式的品种

优势，创立我们自己的品牌，把我们的合作种田和合作养殖结合起来……"

新房的院子里，一片哗哗哗的掌声，田贵激动得脸都红了，田贵看一眼葵花，葵花清瘦的脸在这个红火的日子也被映得红彤彤了。他们的女儿穗穗，穿一身窄窄的红洋洋的旗袍，站在三叔田祥和新媳妇中间，她一会儿看三叔，一会儿看三叔的新媳妇，正嘻嘻笑呢。

麦子熟了，田野里一片欢腾。村里收割机回来了，今年收割麦子不用等外地来的收割机。现在，村里的地集中起来了，田野里到处是庄稼，平展展的。村里的女人们都来种地了，田柱媳妇翠娥也参加进来。村里的收割机买回来了，金黄的麦粒成堆成堆地在田间越长越高。葵花站在田野里，看着一个个黄灿灿的麦堆，她想起那个晚上恍惚中的梦……葵花这样想，看着正欢快地忙碌着的大哥，他站在一伙女人的堆伙里，欢快地把收割机仓里的麦粒往下拨。那黄澄澄的麦粒，从他的手里飞出来，一股一股猛烈地飞溅，水流一样地，流到又一个麦粒堆上，很快地往上冒，很快又是一座黄灿灿的金山。

麦子收了，玉米种上，田里的活稍稍松了一口气。这天晚上，田贵找葵花说话，田贵说："你说支书说的话能是真的吗？"

"啥话？"

"合作养猪。"

"你怎么问起这个来了？"

"我想咱们村如果真像支书说的合作养猪……是不是更好？"

"真那样，肯定更好了！"

"那是不是……去找找支书？"

葵花没说话。

田贵看着葵花，知道葵花跟他赌气，笑了，说："我去。养猪的事情，我去找支书。"

葵花听田贵这么说，扭头不理他。田贵手痒痒似的，伸出手来，想在葵花脸上摸一把，被葵花伸手一拍，打了回去。

44. 电脑

电脑在农村，就像以前结婚的手表、自行车、缝纫机，像以前的洗衣机、录音机、黑白电视机，像以前的黄金、项链、彩色电视。

老三田祥跟媳妇住进了城，爹慢慢想通了这件事情，爹跟村里人叨叨，爹说："在城里住？吓！城里哪能是人人都能住进去的？得三十万！"

田贵葵花在田祥婚后，跟爹一起搬到新房住了，宽敞的新房，每天，太阳从大大的玻璃窗洒进来，屋子里满地阳光。田贵抬头看一眼新房子，他的心像一片羽毛掠过般的舒坦，他望着葵花说我们总算住上新房了。

葵花望着田贵，他年轻时候的影子回来了。葵花心酸起来，这些年，房子成了田贵的心结了。葵花笑看田贵，小两口的话题变得轻松愉快起来了。

田贵商量葵花用这年存下来的玉米分红买一台电脑。他说电脑里头装全天下的事情，比看报纸强多了。葵花不动声色，她的心跳跃着。他俩总算想到一块儿了。田贵主动提出要买电脑，他终于全身心投入进来，积极起来了。田祥结婚时候，葵花第一次近距离接触到电脑，电脑在农村，就像以前结婚的手表、自行车、缝纫机，像以前的洗衣机、录音机、黑白电视机，像以前的黄金、项链、彩色电视。电脑是神奇的东西，听说电脑里头东西多，想查什么就有什么。

电脑买回来，田贵天天趴在桌前。一天，田贵说从网上看，各地养土猪的还真不少，他说不如实地去看看。

田贵从外地察看一番回来，去了村支书家，对村支书说了外面的情况，支书听了很高兴，对田贵提出建大型养猪场，积极支持。支书说这样小打小闹不行，要让大家知道养土猪的好处，就得大胆实践，要大规模地搞，上档次。还有，咱们的土猪肉得有个品牌，现在面粉有品牌，服装有品牌，我们的土猪肉也得有个品牌……

田贵回来，将他跟支书的对话说给葵花听。葵花越听越激动，离田贵近一些，接住田贵说："支书真是这样说？"

"那还有假？支书就是这么说的。"

葵花高兴地在田贵的胳膊上拧了一把，田贵正说得忘乎所以，受这一拧，呀呀呀连声呻唤说："你不是说大白天吗？要什么神经！"

葵花看田贵气恼的样子，咯咯咯笑了，葵花说："我还以为你是在白日说梦，原来这些都不是梦啊。"

45. 猪场

> 葵花望着偌大的养猪场，望着二十多间猪舍⋯⋯觉得像是童话里一样。

五个月的时间，一家标准化的养猪场建起来了。葵花站在实实在在的养猪场里，望着偌大的养猪场，望着二十多间猪舍⋯⋯觉得像是童话里一样。她想不管多艰难，都得把养猪场做出个样子来。葵花心里暗暗称赞村里的支书，葵花想支书真是个好人呢。建这么大的猪场，当时，真是愁坏了葵花和田贵。他们把这几年赚来的钱，全投资在种地上了，是支书帮忙从银行里给他们贷款，才有了这个养猪场。

猪场办起来以后，村里召开全员大会。村支书在大会上讲话，号召全村养猪户积极加入葵花家的养猪场里来，说："我们村种地合作是好事，我们村搞养殖也是好事。我们村要把合作种田跟合作养殖结合起来⋯⋯我们就是要大搞,不仅要大搞,还要搞出水平，搞出成绩，争全县第一，争全省第一⋯⋯"

村支书讲完话，说还有一件事。我们村这多年没妇女主任，为什么呢？没有好苗子。这几年，大家都看见了，葵花带领大家种地，有见识，有成效，经村委会研究决定让葵花担任咱们村的妇女主任，现在大家表个态，同意的请举手。

村支书说完话，大家手全举起来。一时，猪场响起热烈的掌声。

村支书正要接着讲，人群里有人说既然是支书出面贷款，那怎么都得投标，凭啥就得是田贵葵花家的猪场呢？

葵花在会场，听到这话，刚想站起来说话，田贵先站起来了。田贵说："这话说得在理，我完全同意投标。猪场投谁家，贷款就归谁，拿出我们家投进去的钱，我第一个把家里上百头猪送到养猪场里来。"

田贵说完，坐下来，葵花惊奇地看着田贵，好像田贵变了，不是她嫁的那个田贵了。

田贵也没有想到他会那样激动地站起来讲话，从着手建标准化养猪场到现在，几个月的时间，在田贵心里像是经过了好几年那样漫长。现在，他完全理解葵花，一个人不管做什么，要做成个事情，不能只是想到自己，得想着大家。这样，做事情才有盼头。他一遍遍想起葵花不让村人吃病猪肉，想起葵花说一边种地、一边养猪的话。他想葵花说这些，想的是大家。这些日子，田贵、葵花是为了养猪场活着的，但他们付出这些不完全是为要这个养猪场，而是要这个养猪场一定得办起来，办下去。

田贵坐下来，为刚才的讲话激动着。

会场一时安静下来，这里那里有一两声咳嗽。

支书清了清嗓子说话了。支书说："养土猪是葵花几年前就搞起来的，办养猪场是田贵第一个走出去，学了外地的养殖模式和经验回来张罗的。如果说由村里头出面贷款，他们才办起来养猪场，这也是事实。刚才田贵也讲了话，现在，就按照大家的意思，觉得谁合适，那这个人就是即将成立的养猪协会的理事长，所贷的款项也就归到这个人的名下。但更重要的是，这个人要以大家的利益为重，一定要绿色养殖，还是那句话：把我们村的种田跟传统养殖结合起来……"

会场越加地安静，大家似乎都在屏着气。田贵心里忽然有些害怕，忽然觉得这个会场好像只有他一个人，他似乎后悔刚才激动地说出那样一番话来，现在，如果真的有人站出来呢？田贵开始不安起来，心里说田贵你真是想得太简单了……转念

又一想，心里轻松了一些，觉得是自己吓唬自己，村里除了他，还能有谁敢养土猪呢？就是他自己也是这两年观念才扭转过来。眼下他接受了养土猪的现实，不也还是悬着心，谁知道土猪会不会有市场？

田贵还要想下去，这时，一个声音冒出来。田贵一愣，他抬起头来，大家也在用眼寻找这个人。

那人是囤囤。

田贵的心一下子沉下去。全会场的人一阵骚动，囤囤说："这个猪场由我来合作，贷的款项也全归我。我保证还了国家的贷款，保证拿出田贵家的投资，也保证搞好合作种田与合作养殖的结合。"全会场响起了噼噼啪啪的掌声。

囤囤的露面，田贵没想到，葵花也没想到。葵花跟囤囤媳妇在种地上是一对很好的合作伙伴，可囤囤就是在会场上站起来了，这是事实！会场上，田贵站在那里一直到散会都没动弹，像是定在地上了。葵花好像没拍手，也好像拍过手了。会场上的人越来越少，她走向田贵。

田贵看葵花一眼，转头快步走着回家了。

46. 投标

墙旮旯儿这里那里留着过年的积雪，那雪像天上云朵一样，又像是从哪里飘来的一朵洁白的棉絮。

葵花像受了饿，她疲乏地一步一步挨到屋里，她在家里没看见田贵，她突然浑身来劲儿了，折回到猪场，她看见田贵了。田贵站在猪场墙边，墙上裹着的红刺头，在太阳下更加刺眼。这是年后，墙旮旯儿这里那里留着过年的积雪，那雪像天上云朵一样，又像是从哪里飘来的一朵洁白的棉絮。太阳很红，天却是冷冷的，哪里的一股凉风刮来，让人不由哆嗦一下子。

但田贵好像都不知道哆嗦，眼前的红刺头，一个个像是全揣在田贵的心尖上了。这红刺头也扎酸了葵花的眼睛，她酸着眼看田贵一点点缩下去，缩到猪墙根。

葵花拉田贵起来。葵花说："我们不是还有地种么？我们总还是有的做。"

"走开，你跟着我来这里做什么？你不是说囤囤媳妇跟你贴心吗？这回倒让你知道，你的好囤囤媳妇跟你贴不贴心了。不行，我得去找囤囤，他明明知道我这些年下的苦，却还要来搅乱我，我去找他！"

葵花拉住田贵，说："你不能找人家。你为什么找人家？咱是在会场，在全村人面前的表态，你去找人家，什么也不会改变的。"

田贵被葵花拽着回到家。田贵双手捂着头，葵花看田贵，一阵心酸，接着生气了。她说："你一个大男人，怎么这样呢？村里不是囤囤站出来，还会有别的人站出来。全村这么多的人，

那养猪场凭什么就归我们家？"

"满水不是也养着猪吗？满水家里养的猪比囤囤家的多，满水家还像咱一样学着养土猪，你看囤囤家，到现在还没一头土猪。我怎么把我的一窝土猪交给他？我把我的一窝土猪交给他我放心吗？他不让我的土猪吃他的洋饲料才算！不行。就是囤囤在会上发了言，也不行。我得找支书。我是在会上那样说了，可这不是还没投标吗？总得有一次投标吧？"

田贵说完，不等葵花回话，一股脑出了门。

投标会上，葵花田贵两口子来了，囤囤媳妇跟囤囤两口子也来了。葵花跟囤囤媳妇碰了面，囤囤媳妇看一眼葵花，把头别过去了，葵花听到她心里刺啦一下。

投标会上，满水开头也竞了两次价，但满水就那两次，后来，坐那里一声不吭。会场上只有田贵和囤囤的声音，两人你一句我一句，两人的声色里都像是打了一管子的气，那气也像是神仙吹的，总也没个完。在场的人，心悬起来。

葵花的心也悬着。后来，在囤囤喊过价以后，葵花拧了田贵一把。田贵刚要喊价，葵花再拧，葵花一伸手捂住田贵的嘴巴。会场上一时有些乱，有人见机就喊起来，说："早过了三，落锤，落锤！"

会场上的人们七七八八地站了起来。村人们热闹地议论着，像看了一场大戏。葵花看着囤囤两口子高兴地笑着，囤囤媳妇欢喜地看着她的囤囤。散会了，囤囤媳妇朝葵花望了一眼，脸上的笑容有些凝滞，但很快跟在囤囤后面，屁股扭着，出了会场。

葵花望着他们俩后背，回过神，发现田贵不见了。她看左右，人全散去了。葵花回想以前，回想囤囤媳妇。葵花像是在想什么。其实，葵花现在能想什么呢？葵花的胸口堵得慌，她的嗓子眼哽住了，眼睛湿了。

　　没有太阳，天气阴冷阴冷的，像是要下雨了，或者年后得下一场雪也不知道。一丝丝冰凉扑在脑门上。葵花听到有个声音唤她，她从没有听过这样唤她的声音。她回身，是村支书，村支书走向葵花，看一眼葵花，低头像在沉思。他说："你哭了？"

　　葵花不好意思地想抬头看一眼村支书，但她没抬起头来。

　　"知道你心里难受。可是，你刚才为什么要田贵停下来？"

　　"我……"

　　"你到底怎么想？"

　　葵花想起种地，她不想因为养猪这件事情，给种地带来丝毫的损伤。囤囤媳妇比她还要勤恳，跟她一样热爱种地，她跟囤囤媳妇在一块有说不完的话。如果囤囤家养猪，她跟田贵就难受，那她跟田贵养猪，囤囤和媳妇心思能不一样？大家都想致富，谁都没错儿。

　　葵花这样想，舒出一口气，她说："或许……囤囤两口子也能够把土猪养殖好。"

　　葵花没听见村支书说话，她抬起头，看到村支书脸上的笑容；这笑容是春天的溪流，葵花听见那溪水，淙淙流动。这亲切的笑容，让葵花想起她的爹，想起她的娘，想起她的兄弟。

　　风刮起来了，呜呜地打着哨子，传来树枝折断的声音。葵花回到家，打了一个寒战。

47. 洗脸架

田贵将屋地上的洗脸架子一脚踢翻了，脸盆哗哗啦啦响成一片。

田贵铁青着脸。田贵当然铁青着脸了，田贵搞了好几年，原来一场空啊。葵花回来看一眼田贵。这是星期天，穗穗在做功课，田贵看葵花回来，吼穗穗去爷爷家。

葵花看田贵一眼，过去帮穗穗把书本叠了，吩咐穗穗到爷爷家里做作业。

昨天，穗穗老师布置作业，让写一篇作文，写一个最亲的人，穗穗就写爷爷。穗穗写的文章受到老师的表扬，穗穗回来喊着爷爷，高兴地把本子朝爷爷招了招，拉着爷爷的手，念开了。爷爷很仔细地听着，还没听完呢，笑得大声咳嗽起来了。穗穗望着爹一脸阴沉，她听话地抱着书本去了爷爷家。

田贵看着穗穗从门口消失，扭头看着葵花说："哦，你倒像没事儿似的，我就不知道，你为什么要帮人家囤囤？你晕了头啊，那是什么地方，你居然有心思开玩笑！"

葵花一声不吭，她擦了把脸，准备做饭。田贵看葵花不出声，看葵花忙着做饭，过去一把夺了葵花手里的面盆，他吼道："还要吃饭吗？吃吃吃，你说，你到底是为什么？"

听着田贵的数落，看着田贵暴跳，葵花不憋屈了，她平静地望着田贵。

"我说你真是风格高啊，我差点忘记了，你现在是妇女主任了，哈哈，你可是大大先进了啊。"

"先进怎么啦，先进又不犯法。"

"你说，今天这事怎么办？"

"能怎么办？都是一锤定音的事了。"

"你是说就这样撂手把猪送给囤囤？"

"那还能咋？你不是也在会上表了态吗？只要囤囤把土猪养好，只要土猪能打开市场。"

"拉倒吧，你说得轻巧，我的苦白吃啊？"

"哪就白吃了呢？养猪场不是建起来了吗？"

"是建起来了，是给别人建了！我算看透了，我再积极也赶不上你。我索性不跟你比，也不跟你学。这么说吧，就今天这事，是你去囤囤家，还是我去？"

"去人家家里做什么？"

"说今天这事不能算！说你葵花拧我，说你捂我嘴巴，如果他囤囤也是个男人，他跟我再来一次。"

"我不去。"

"你不去？好，那我去。"

"你不能去！"

"你神经不正常！"

"你神经才不正常。"

"我不正常。我不正常，我把自己养了这多年的猪往出送，啊？"

"那你投上标，人家不是一样合作啊，那还不是一样吗？"

田贵看着葵花，咬了咬牙，他伸指头指着葵花："你疯了，你里外不分，你就是疯了！"

"哦，好事全让你占，这屋里就没人疯了？咱不养猪，还能种地，你至于吗？"

田贵将屋地上的洗脸架子一脚踢翻了，脸盆哗哗啦啦响成一片，田贵说："你终于把实话说出来了，我就知道你的脑子里头就是这个主意。好，现在，你给我去囤囤家，我们家好事

不全占，我跟他倒过来，哦，倒过来。他们家呢，种地；我们家呢，养猪。"

"要去，你去，我不去！"

"不去？你不去谁去？你不是跟囤囤媳妇好，囤囤媳妇看你几眼，就把你的心看化了，你就妥协了，就把我苦苦喂了好几年的猪拱手送人了吗？囤囤媳妇跟你不一样爱种地吗？你去，囤囤媳妇准换，去吧……"田贵说着把葵花往出推。

葵花不去，田贵拉着推着。

穗穗跑过来了。她抱着书本到爷爷房里，爷爷不在家。她听见爹娘的吵闹声，揭开门帘，看屋里地上，一摊的水，洗脸架倒了，绿色的香皂飞出去老远。穗穗还没进来，被田贵看见见了，他说："看什么看，去做作业！"

穗穗在门边一晃，不见了，但穗穗不走，她站在门外，揭开一点门帘往里看。她看见娘被爹推得七倒八歪，穗穗想去叫爷爷，可到哪里去寻爷爷呢？穗穗一边发愁，一边偷偷看。田贵再推葵花，葵花就用胳膊拦，但她怎么能拦住正在气头上的田贵？葵花又被重重地推了一下，这一次，葵花脚底一滑。她觉得自己趔趄着要往下倒，觉得自己倒下去的时候，有什么垫着自己，就在这时，"砰"的一声，接着是一声惨叫。

这声惨叫，将一直陪伴葵花。葵花回头，那是女儿穗穗。葵花翻身坐起来，喊着：啊，穗穗！

田贵惊呆了，他看见葵花翻身坐在地上，一把抱起瘫在地上的女儿。

穗穗不哭，双眼闭着，葵花"呀"的一声，像遭受到电击一般，都有一点疯狂，她颤抖着，连着说："我的女儿，啊——我的女儿……"葵花坐在地上，抱着她，摇她，叫她，穗穗不出声。葵花又"呀"的一声，她的手里有血，葵花大声哭了。

她放下穗穗，跑到院里，葵花觉得自己的膝盖软得要跌倒，但她还是扑到院里，失声喊："快来人！快救……救我的女儿呀……"葵花到这里再没有喊下去，她顺着墙溜坐到地上，滚到院子里了。

48. 面包车

一个小孩子，隔着玻璃看外面，一看好半天，小声
地自说自话。

田贵的院子里来了人，大家手忙脚乱把葵花往面包车上
抬。穗穗早有人抱上了车，穗穗的头，胡乱地用布包着，血很
快将好几层布渗得透湿了。

这次中标，囤囤两口子心里也是过意不去，特别是囤囤媳
妇。投标的时候，他们倒不觉得，囤囤媳妇也只想着自家囤囤
能投上，多大的猪场啊。田贵能养猪，囤囤为什么就不能养？
再说，葵花田贵一家也不能好事全占啊。

那天他们欢天喜地地回到家，头脑稍稍降温以后，囤囤就
觉得这贷款的分量了。囤囤媳妇倒没往贷款上想，她是想到葵
花，她们姐妹种地也有几年了，她们在一起亲姐妹一样啊，特
别是想到田贵到后头，不说话了；想到回家时候，她看到葵花
的神情，囤囤媳妇难过起来。他们在家里正吃饭呢，听见巷子
里有人嚷嚷说，田贵葵花在家打架呢，撞倒了穗穗，穗穗头磕
出血来了，送医院了。囤囤媳妇的心里一惊，这下出乱子了。
她从院门里跑出来，外面这里那里站着人，议论纷纷，她把身
子很快又闪回到门里。

以后半个多月，囤囤媳妇听了好多关于葵花的事情。她先
是听说穗穗伤得不轻，在医院里住下了。葵花没多大的事，当
天，是心疼穗穗才晕倒的。村里人一家家去看葵花娘俩，老汉
老婆婆也去医院看了。这个老人说葵花好人，心眼多实啊，怎
么就遭难了呢！

村里人对穗穗住院很同情，他们说为了这么一件事，让小孩子受罪……村里人说现在人都往钱眼里钻，囤囤媳妇跟葵花好得一个人一样，你看现在……

穗穗在医院里住了这些日子，醒来后，不多说话了，变得有脾气了，脾气大得很。穗穗出事那天，爷爷大声哭了，爷爷说："我一会儿不在家，我穗穗就成这个样子了？"在医院，爷爷看穗穗不醒来，又哭了，爷爷说穗穗要是这个样子，他也不活了。后来，穗穗能跟爷爷说话了，但爷爷总觉得穗穗不像出事前活泼。爷爷想逗穗穗说话，又怕穗穗喊脑袋疼，爷爷跟穗穗坐在一块，发愁地看着穗穗。

在医院，葵花天天想着家里的地。开春了，一百多亩庄稼等着她照看，她实在是在医院住不下去。葵花要爹在医院里陪穗穗些日子，她先回来。没赶着去城里看葵花的乡亲，又到葵花家去看她。囤囤媳妇听葵花回来了，这家那家去看葵花。囤囤媳妇太想去看看葵花，太想看看穗穗。她甚至为穗穗那么小一个孩子磕了脑子，自个儿在家抹了一回眼泪。可她心里老有一疙瘩，觉得别扭。现在，也是忙地的时候了，囤囤媳妇似乎也不像往常积极，她跟囤囤忙他们的养猪场。

村里人看到囤囤跟媳妇忙养猪场，对这次养猪场投标也有些意见。村里人一开始对囤囤两口子投上标，心里高兴。葵花在种地，种一百多亩地呢。这猪场再让田贵投上，那好事不都是他田贵家的了？

可他们看囤囤跟媳妇天天跑养猪场，就有的说了。特别是村里像满水家养猪的家户，他们先看不惯囤囤。囤囤养洋猪，不养土猪。村里人议论说，村里养土猪是人家田贵媳妇葵花起的头儿，村里也只有葵花养土猪。囤囤也比不得人家田贵，田贵养了这些年的土猪，都是老把式了。村支书大会上说了，村里以后只养土猪，不养洋猪。村里除了田贵家的猪全是土猪外，

就是满水家养着一些土猪，满水家可不想把他们家的土猪送到养猪场，由着囤囤去养。

村支书来家里动员满水，满水说："田贵家的土猪只要加入，他不说二话就加入了。"

穗穗出事以后，田贵心里的那口气不知道该往哪处使，他后悔自己那样激烈地对待葵花，可他这么些年吃的苦就这么完了吗？他以后怎么办？田贵想起穗穗心如刀绞，不只是因为女儿穗穗受了伤，而是他亲手伤了自己的女儿。那天，田贵看着昏迷不醒的穗穗，六神无主，他听着葵花失声地喊叫，感到天都要塌了。医生检查说穗穗是脑挫裂。田贵追着医生，问："什么是脑挫裂？脑挫裂，严不严重？"医生不看他，医生说："先住下吧，观察后再说。"田贵看医生毫无表情的脸，干咽着，心里七上八下，一直到几天后看到穗穗睁开眼睛，脸上才有了笑容。

现在，满水把球踢到田贵这儿，村支书来找田贵，田贵说等穗穗病好了再说。

村支书又找葵花，葵花说养猪场只能养土猪，村支书说那是当然，这是大会上讲过的事情。

葵花把家里的猪，全吆喝进养猪场。

穗穗从医院回来了。从医院回来，穗穗的脾气更大了，时不时就火冒三丈。让人不安的是，葵花觉察到穗穗神情恍惚，一个小孩子，隔着玻璃看外面，一看好半天，小声地自说自话。葵花的心思越发加重起来，她想对田贵说，看见田贵拉着个脸，葵花就把要说的话咽下去了。

这件事情以后，田贵闷声不响。他本来就不大喜欢说话，结婚以后，他的性格变得活泼一些了，但这次遭遇，让田贵回到了从前，或者还不如从前。从前，田贵不说话是安静的，安静里透着一种自然；现在，田贵闷声不响，怀着一种不安

定，这种不安定从他们两人的呼吸中，散漫开来，散到他们
的屋子里，散到他们的院子里。他们家的房子，看着都像是
沉默着。

　　葵花和田贵的头顶上，好像有一大片的乌云，他们罩在乌
云的下面了。

49. 麦穗

葵花不对田贵说，田贵会听、会看、会感觉，他心里早就隐隐不安了。穗穗回来，田贵一个人去了一回医院，把穗穗的状况给医生说了。医生说这就是脑挫裂，医生说如果更严重，孩子就不会走路了。田贵吓坏了，他没有说给葵花，田贵不说给葵花，跟葵花不说给田贵，心理上有些相似。在看似相互体谅中，他们的心与心之间有了一堵看不见的墙，都有一种悲苦无告的感觉。他们把心思各自闷在心里，一个多月了，他们相互看见那神色像两个陌生的人。晚上，穗穗喊脑子疼，葵花哄穗穗睡着了，一家三口很安静。葵花先睡着，这些日子，葵花带着一帮人下地锄草，到晚上，很累了，睡着的时候，轻轻打着鼾。

田贵听葵花睡着了，紧绷的神经放松一些，泪水从眼角长长地溢出来。那天，支书找田贵，要让田贵加入协会，囤囤是理事长，田贵是会长。田贵不开口，他当会长有什么用！养了多年的土猪，就为了当什么会长？穗穗成了这个样子，他还要当什么会长？！由着囤囤去折腾。葵花不是将猪一头不剩地送给养猪场吗？田贵在心里一回又一回地冷笑。穗穗成这个模样，他还养什么猪！

支书找葵花，让她劝劝田贵。葵花听了，默默地，悄声无息，只是流泪。如果是以往，还用得上支书让她劝说田贵吗？她早就劝田贵当这个会长了。可葵花现在……她的眼泪不断线地流。

地里的麦子长到膝盖高，毛毛的麦穗抽出来了，葵花送穗穗去学校。穗穗好像不大喊头疼了，但穗穗不像小时候话多，穗穗从医院回来也从没嘻嘻笑过。穗穗爷爷常常拉着穗穗，跟她说话，但爷爷眼里的穗穗不是以前的穗穗了。爷爷说着话，穗穗不认真听了，默默地低着头，抠着自己的手，自己抓着自己的手这样看那样看。穗穗以前从不这个样子的。看着穗穗，爷爷眼睛湿了，手在穗穗的头上轻轻抚着。以前，穗穗会痒痒着摇头，抬头朝爷爷嘻嘻笑。现在，穗穗天天都像是在想什么，爷爷说什么，与她无关。穗穗好像不跟爷爷亲了，爷爷跟穗穗说过话，轻抚着穗穗，沉浸在深深的悲伤中。

葵花送穗穗去学校，穗穗好像也不记得要去学校。以前放假，快到开学的时候，穗穗一天总得念叨好几遍，她说怎么还不去学校呢？现在，穗穗不这样说了。

葵花把穗穗送进学校，对穗穗的班主任说，让她帮穗穗补落下来的功课。葵花不知道有更大的打击等待着她，穗穗在学校里，不能专心听讲，穗穗的记忆力出现了问题。在班上，穗穗沉默寡言，也不跟好朋友一块儿玩了，穗穗好像不认识她们，自个儿坐在教室里。下课了，她还是坐在教室里。有一次，穗穗尿湿了她的裤子，老师把她叫到办公室，跟她讲话，她的心思跑到别处去了，她偶尔也说一句，说得完全跑题。老师看着她，惊讶地张大了嘴巴。

葵花听老师这样说，好半天不能说话。老师劝葵花，说是不是再带穗穗看看医生？

葵花想了好半天，想出一句话来。葵花说："尽管是这样，穗穗总还是要念书的。"

老师说："是，穗穗当然得念书。"

但葵花的心里，并不像老师答应得那样痛快，尽管葵花心里早有这样那样的准备，当预感到的不测摆在眼前，她还是呆了，木了。她的心被酸涩的泪水淹没了，她觉得自己身子发软，面对老师再也说不出多余的话。她不知道自己怎样离开学校，走回到自己的家。

50. 后沟

云朵在天上飞，那云朵飘得很快，周围丝丝缕缕的，薄烟一般，飞快地游动。两只小燕子一前一后，低低地飞着，它们像精灵一样，小小的黑身子在空中一划而过。

太阳从门里照进来，照在电脑屏幕上。电脑的屏幕上，键盘上，有了一层薄薄的灰尘。葵花看着这些腻烦了，在葵花眼里，一切都失去了原来的色彩。田贵每天吃完饭就是睡觉，现在，葵花也觉得很疲倦，从来没有过的疲倦压垮了她。穗穗那样小，穗穗可该怎么办呢？葵花看一眼蒙头躺在炕上的田贵，她心无着无落地忽然烦躁起来，从家里走出去。

葵花也不知道要走哪里，她只管走。这里是村后的沟，沟里杂草丛生，野生的果子零零落落。眼下，随风开起的几朵小花儿在细风中抖索。葵花完全被女儿穗穗的病压倒了，到这少有人来的地方，她的嗓子哽住了，她走向沟的深处，捂着嘴巴，呜呜咽咽，泪水顺着指缝流下来，那眼泪像房檐上的聚水，成股成股地打在她的脸上。

葵花的哭声终于停下来了，这是她多天来哭得最彻底的一次，似乎清空了她心中淤积的一切，她头脑少有地清晰起来，觉得自己好多了。

葵花哭了一阵，静默地坐着。她听到一声轻唤：

"葵花？"

葵花回身，看见村支书。眼泪被风干了，她缓缓地站起来，惊愕地望着村支书。

葵花走向村后沟，正巧被村支书看见。村后沟荒草丛生，小孩子哭闹，老年人就吓唬说让村后沟的狼背走吧。半夜，常常听到怪声怪气的嗥叫，老年人说是村后沟的狼在学小孩子哭。二十多年前，村后沟有一棵杏树。春天，孩子们围在杏树下，摘没熟的果子，杏树周边一圈儿被踩得光溜溜的。现在，那棵杏树枯掉了。村里撤销了小学，孩子们一个个去合并点上学，村后沟愈加荒芜，连多年前孩子们踩得光溜的地方，草也是半人多高了……

葵花哭泣时，支书望着灰蒙蒙的天，静默地站在那里。

太阳隐去了，云朵在天上飞，那云朵飘得很快，周围丝丝缕缕的，薄烟一般，飞快地游动，一点一点地积聚，然后连接成一大块乌云。两只小燕子一前一后，低低地飞着，它们像精灵一样，小小的黑身子在空中一划而过。

葵花有些歉意地望着村支书，她为忍不住哭泣感到丢脸。她想她应该对村支书说句话。

村支书向她摆摆手，说他看见她来这里了，说人的一生就是些沟沟坎坎，遭受了苦难，就得扛住，对不对？

村支书说着，微笑地望着葵花，说打起精神来，穗穗的病会好起来的。

葵花又一次心酸起来，滚烫的眼泪在眼圈里转动着。这些年对村支书的感激全涌上心头，葵花有多少话想要说出来呀。可是，葵花抬不起头来了，泪水蒙了她的双眼。

村支书温和地望着她，说：回去吧，穗穗在家里等着你。

听了村支书的话，葵花不觉得哭泣是丢人的事情了，她现在多想在村支书面前号啕大哭啊！

葵花将管不住的热泪，双手蒙住，跑着离开了。

村里却把葵花跟支书两人的这次见面，最大化了，村里人说得有模有样，说葵花跟支书抱在一块，两人都失声痛哭了。

这话在田柱媳妇翠娥这里反应最激烈，她把这些话给田柱

说了一遍又一遍，她说她早看出来葵花是个狐狸精，她不跟村支书有事情，就算有三头六臂，也不会成精。你看，又是种地，又是养猪。看把她给能的。这都是村支书在背后撑腰知道不？这回可好，把自个女儿搭进去了。穗穗脑子磕傻了吧？一个傻姑娘，以后……

田柱喊："你个臭婆娘恨不得我们家倒霉是不？"

田柱心里闷得慌，自从穗穗病了，一家人的脸上愁云密布。田柱疼在心里，他想起穗穗小时候天真的模样，想起穗穗叫他大伯的可爱。田柱也看出穗穗自打从医院回来的变化了，穗穗见他不理睬，看他像看陌生人一样。现在，媳妇不知从哪里听来的妖风，嘴巴不停地说说说！

翠娥说："你冲我发火做什么，你家里那女人发了疯，好好的养猪场送人了，好好的闺女变痴呆了，还有脸跟村支书鬼混……还有你那兄弟，不是能打人吗？村里都吵翻天了，他却屁都不敢放一个，卧在家里装死！"

"你说，你再说！我看你的嘴巴再敢动一下！"

翠娥正说得起劲，听了田柱这句话，说得更快更带劲："我就说，葵花就是狐狸精，穗穗就是磕傻了……"

田柱甩手狠狠地给了翠娥一记耳光。翠娥跳起来撒泼，田柱摁住翠娥，一手掐住她的脖子。

翠娥没想到田柱动起手来，使着蛮力，她吓得可着劲儿挣扎，可着劲儿喊："救命！"

51. 饲料

土猪难养，长得慢，换了洋猪，那真是长得噌噌地。

田柱一个老实人，想的都是老实事。穗穗的事情，就是田贵不对。养猪场被囤囤一家占了，田柱心里也老大不愿意。囤囤家又不养土猪，他家这不是多来的么，弄出这么多的事端！特别是穗穗的事情，田柱碰见囤囤宁愿拐着路走也不愿理会他。

可田贵呢，不养猪就不养，咱种地啊，那么一大片的庄稼，你田贵就不眼热？你田贵就要赌气看着葵花忙死忙活？就说那天跟葵花闹架，你田贵咋就那么不长记性呢？上次打了葵花一巴掌，让贼偷了两圈猪！为了养猪，就要把她娘俩推倒？

这回，磕坏了穗穗的脑子！

田柱不理囤囤，也不理田贵。

猪成了囤囤家养，翠娥又叨叨，说种地哪里有养猪好，还是去囤囤猪场吧。田柱由着翠娥说，田柱想他就是饿死也不会看一眼囤囤的猪场，囤囤跟田柱同岁，他们一块长大，囤囤什么人呀？田柱老实，心里可是清楚得很，囤囤拉完屎还要看里面有没有米粒儿，能指望囤囤像葵花像田贵这么些年踏踏实实饲养土猪？

田柱想到葵花，田柱就是服气葵花，翠娥的声音越刺耳，他越不听。就凭葵花种地这件事，葵花就没什么不好，说葵花跟村支书有什么，那是女人们羡慕葵花，嫉妒葵花。

村里人这样那样议论葵花，但村里人也说葵花仗义，说葵花为了养猪场，跟田贵干架，让穗穗遭了难。孩子们从学校回来说穗穗痴呆了呢。女人们就摇头，女人们说葵花也真是的，

她不知道图啥，为了个种地养猪，把自家孩子弄成了这个样子。他们家只有这么一个穗穗，你说葵花在这个家还指望什么？听说了吧？葵花田贵一个月都不上话，他们这样闹下去，怕都要离婚呢。

说葵花也就离不开说囤囤，村里人说囤囤媳妇自从知道穗穗落下病根，自从知道葵花田贵两人闹得跟仇人一样，直怨囤囤要争这个先，分离了人家两口子。说囤囤哪里喂养什么土猪，囤囤喂猪就一样洋猪吃的饲料，有人反映给村支书，村支书都发火了。

大家听了，说真是亏了葵花家了，他们家喂了多年的土猪，现在他们家土猪全放进了囤囤的养猪场，囤囤把土猪当洋猪养起来了。听囤囤媳妇说，囤囤也发愁呢，说这土猪难养，长得慢，换了洋猪，那真是长得噌噌地。囤囤有点打退堂鼓了，囤囤说一圈土猪得养多半年，土猪肉又不涨价，照这个样子还完国家的贷款猴年马月了！

羡慕囤囤家中标的村民，现在心里又觉得那是囤囤家的麻烦了。

女人们正说着，扭头看见了田柱，田柱站在她们身边半天了。

看见田柱，女人们脖子缩住了，一个说："死田柱半天站在身边，人都不知道，鬼似的吓人一跳。"田柱不答，扭转头三步并作两步离开了。

田柱低着头，一直走进田贵家，站在院子里，直着嗓子喊田贵，一边喊一边往屋里走。

田柱进屋看见葵花从炕上爬起来，葵花的头上包着头巾，看着是生病了。

看见葵花，火气稍稍下去一些，但他看田贵捂着被头在炕上睡着，火气又上来了，上去一把揭了田贵的被子。田柱说：

"去囤囤养猪场把咱家的猪吆回来，咱家不入这个股！"

葵花吓了一跳，说："大哥，怎么了？"

田贵说："出去出去！"他说着，摸着被子，翻了一个身。

田柱又一次伸手把被子撩开了，田柱说："囤囤给猪吃洋猪吃的饲料，你知道不？"

"管人家让吃什么，要管你去管，拉我做什么！"

"这可是你说的，我管！怎么把猪吆喝进了他的养猪场，我再把它们一个不少地给吆喝回来！"

田柱说完掀开门帘出来了，走出院门，直奔囤囤家。

52. 村委会

猪不吃饲料，天天给它们吹气呀。

葵花在后面紧跑慢追，葵花说："有什么话咱慢慢说，大哥你这是怎么了？"

田柱说："囤囤家洋猪土猪一样喂，咱家的猪一会儿也不能在他养猪场里待！"

葵花也听村里人这样说了，可这话经田柱说出来，她愣住了。

田柱从囤囤的门一头撞进去，他喊囤囤，让囤囤出来。

囤囤媳妇从门里一蹦出来了，囤囤媳妇看着田柱气呼呼的模样，说："囤囤哪还顾得在家啊，囤囤在养猪场，你找他做什么？"

"我要我的猪，我不合作了。"

"哎，你这话咋说的？你说你不合作就不合作了？"

田柱不听囤囤媳妇嚷嚷，扭头就走。

田柱进了养猪场，看见囤囤的时候，囤囤正看着猪们吃食，田柱看见那猪槽里面除了饲料还是饲料。

田柱说他要他的猪，他得把他家的猪赶回去。

囤囤望着气呼呼的田柱，假声笑了，说："那你在猪圈里找，认准了，你就拉回去。"

猪圈里白猪多，黑猪也多，黑猪一个一个相像得很。田贵家的黑猪加入合作以后，满水家的黑猪也不得不加进来。

田柱傻眼儿了，看了半天，站起来，扑向囤囤，两只手拼命地抓住他的衣领，又一把松开，哼的一声，扭头到村委会。

田柱进去就把脖子伸到村支书的脸上了，田柱说："囤囤家让我们家的土猪吃饲料你知不知道？囤囤家把黑猪当白猪养，你知道不知道？"

田柱越说越带劲，越说越生气，站在那里，浑身直哆嗦。

支书招呼田柱坐，说："这两天正为这个事犯愁，你们家的情况你又不是不知道……"

"我们家的情况都是囤囤给闹的，我们家穗穗就是因为他才这样的……"田柱说着眼睛红了，嗓子里喊出来的话变了音，"我们家穗穗那样灵秀的孩子，都是因为囤囤，他囤囤缺八辈子德……"

支书正要说话，囤囤一闪身进来了，田贵一闪身也进来了。囤囤说："谁他娘说我缺八辈子德，我怎么了？养猪场我是公平竞争得来的，我欠谁的情了我？你说我怎么个缺八辈子德？你们家才是缺八辈子德！你们家孩子变痴呆，关我什么事！……"

囤囤话没说完，田贵跟囤囤扭打在一起了。村长不知道什么时候进来的，他上去把两人拉开。村长说："有事说事，怎么就打起来了呢？这里是你们打架的地方吗？"

囤囤安静下来。田贵激动着，眼睛兔子一般，如果不是被村长死死拽着，田贵真是要拼命了。田贵说："囤囤，你把我们家土猪当洋猪喂，你丧天良……"

"真是笑掉牙了，我让猪吃饲料就是丧天良，那我把钱全赔光我就是积德啊。你让大伙听听，我囤囤丧天良了吗？猪不吃饲料，我天天给它们吹气呀？我可比不得你们家，你们家养猪是玩儿，我养猪可是为赚钱！"

囤囤这话说得围在村委会看热闹的村人们大笑了。

"这钱你赚不成，我们家的土猪可不让你白糟蹋！"

"什么土猪洋猪，猪都一样杀了吃……我把你们家土猪当

洋猪养，又不犯法……养猪场我说了算，想怎么养就怎么养。"

"那不成……"葵花从门外进来了，"办起来的养猪场就是养土猪，就是不能吃洋猪吃的饲料，如果你喂饲料，那我们还是那句话，我们得要回我们家的土猪。我们不但要要回我们家的猪，我们还得要回养猪场。"

"你说得多轻快，啊？你要要我看，能了你了，你要要我看……"

围在村委会看热闹的人又是一阵大笑。

53. 土猪

　　田贵仰头看了一眼太阳，四月的太阳都有那么一点
火辣辣了。

　　村长挥着手，围观的村人们安静下来。支书摆摆手，说：
"大家不要吵，现在事情明摆着，囤囤家让猪吃饲料，这件事
情囤囤也不哄人。葵花刚才说办养猪场是为了养土猪，这大家
也知道。"支书说："这样田贵你们先回去，我们先跟囤囤谈。"

　　田贵走了，田柱不走，田柱说今天不给个明白话，他就蹲
在这儿了。

　　葵花过去拉田柱，村长也劝，田柱才从村委会出来。

　　现在，村委会就剩囤囤了，囤囤接着刚才支书说的话，囤
囤说："建养猪场的时候，是说种地和养猪联合，可养土猪是
事业，养洋猪就不成事业了？哪有这样的说法！"

　　"这话就不对了。"支书说，"囤囤你不是让钱迷了眼吧？
我们投标明白说是传统养殖，传统养殖不是说养土猪，那还能
说是养洋猪了？"

　　"那支书的意思，也是这养猪场只能养土猪了？"囤囤说，
"那支书的意思是把养猪场给田贵，给葵花？"

　　"不是给田贵，给葵花，现在的问题是谁来做这件事情更
适合。"

　　"你是说他们适合，我不适合？"

　　"你不要激动，你现在的喂养方法，还真是在饲养洋猪，
这也是我们当时投标忽略的一个大问题。现在，问题出来了，
我们就得解决。现在解决的办法还是在自愿的基础上，既然你

中了标，就先征求你意见。你得保证养土猪，这是第一；第二，在喂养上不得用带有添加剂饲料，得保证绿色猪肉，得创出我们村的土猪肉的优质品牌……"

囤囤打断支书的话，囤囤说："就不要说什么自愿吧，如果养猪场只是养土猪，谁爱养谁养，我不养，我倒要看看，这个村有谁能把土猪养成个什么品牌！"

囤囤说着话出了村委会，支书和村长看了看，支书说通知开村民大会。

这次会议，田贵没去，田柱去开会了，葵花也去了。葵花在会上表了态，葵花说："田贵病了，但田贵有这个决心，一定能够把我们传统的土猪喂养好，一定要打出我们村最优质的土猪肉品牌！"

田贵那天真的病了。在他听说囤囤不要养猪场，田贵似乎松了一口气，压在心口的磨扇掀开了，就在这时候，他晕倒了。但田贵还是很快让身体恢复过来，他不由自主地来到养猪场，田贵重新再看到养猪场，他的鼻子一酸一疼，眼泪就下来了。田贵仰头看了一眼太阳，四月的太阳都有那么一点火辣辣了。

田贵从养猪场回来，拿起电话拨通了小谭，田贵跟葵花商量把小谭请来，做养猪场的技术员。田贵葵花两人现在能说上话了，虽说只是很少的几句话，但他们都不憋着了，葵花有时候看几眼田贵，田贵有时候看几眼葵花。有一天晚上，田贵伸手拉了拉葵花，那天晚上，他们俩的眼泪就没停过，他们都不说为什么哭，但他们就是哭个不停。

麦收时节到了，囤囤媳妇自从忙上养猪，就一直没上地里忙活。现在，囤囤不养猪了，葵花来叫囤囤媳妇。囤囤媳妇原是对葵花怀着愧意的，后来，养猪场不又是她葵花家的了么？虽说囤囤不愿意养土猪，说养土猪是倒贴钱的买卖，囤囤媳妇心里还是有一丝丝的不快。囤囤媳妇心里这样一来一去，愧意的话咽到肚子里去了。

囤囤媳妇看见葵花从他们家门里进来，一时又想到穗穗，急忙迎葵花进来。葵花说这两天麦子熟了，明天准备收割。

囤囤媳妇说她也正想着要过去问葵花呢，她们说着话，看囤囤进了门。

囤囤进门，看葵花在，扭身又出了门。囤囤媳妇拉着葵花的手说："他就那脾气。"

葵花笑了，说："跟田贵一样呢。"

她们说着悄悄笑了。囤囤媳妇拉了拉葵花的手，送葵花出了门。

54. 激素

> 他每次听见那种鸟叫声，心里一喜，在墙头寻看，
> 果然看见一只，站在墙头。那鸟比鸡小一些，站在墙头，
> 雄赳赳的样子。

忙过麦收，忙养猪。人一忙，愁事全忘了，田贵的精神慢慢恢复过来了。过了年，猪场扩展到上千头，养猪协会成立起来了，田贵做理事长。村人们看着葵花田贵一心养土猪，也热心起来，有的家户新买了土猪送进来。

田柱买了二十头土猪，也放进圈里。

爹看着田柱、田贵，心里想着老三田祥，田祥这个小王八羔子，他倒蹦得快，跟媳妇住进城里的洋房，不想他这个爹了。爹这样想的时候，一下子觉得自己老了，他感觉到他的背驼了下来。

小谭被请来了。小谭很高兴，他喜欢土猪。他不只是喜欢土猪，他还喜欢很多，比如各种各样的鸟儿、野猫、野兔。小谭记得小时候，常见到一种鸟，它不知道从哪里飞来，也不知道什么时候飞来。那鸟儿，身上是土黄的麻点儿，能发出好听的叫声。他每次听见那种鸟叫声，心里一喜，在墙头寻看，果然看见一只，站在墙头。那鸟比鸡小一些，站在墙头，雄赳赳的样子。

那鸟也只是在墙头站那么一小会儿，说不见就不见了，无处可寻，但隔上几天，它又来了，走亲戚一样的。小谭爱这样的小鸟，自从小谭上了高中，那鸟儿很少见到了。小谭也不记得他最后一次见它是什么时候，是在哪个墙头。一直到现在，

小谭老想那只鸟，那是他童年的记忆，或者也是少年的记忆，他想那只鸟一定还在，一定生活得很好。

　　小谭喜欢他所学的专业，他对这个行业的喜欢，不知道是不是与那只鸟有关。小谭喜欢他记忆中的动物，比如眼下这些土猪。小谭对他第一次来到葵花家见到这么多可爱的土猪，一直有印象。小谭真是从内心里高兴，大学毕业回来，他开始卖饲料。人们说猪吃了饲料长得快，猪们吃了饲料，就像一只打着气的气球，眼睛眨巴着就长大了。这给他的感觉很不好，每当顾客站到他面前，他的心就像是被什么咬着了，或者是烧着了，让他感觉到有一种苦痛。后来，又听说猪肉里头有激素，说激素可是了不得的东西，男人吃了奶头会长出来，女人吃了嘴巴上会长出胡须来，小孩子吃了还性早熟呢。可一伙人这样说完，大家还是得买带着药物带着激素的猪肉回家蒸，回家煮，回家炒着吃，他们当激素是不痛不痒的聊资了。有报道说厂矿污染了地下水，污染了河水，用这样的污染水浇灌出来的菜，就改变了原来蔬菜的营养了，或者就有毒素了，但蔬菜还是一斤一斤卖出去。大家议论面粉里头有增白剂，很有兴味地回忆多年以前，说多年以前磨面，那白面稀奇得很啊，一百斤小麦才磨出一小点的白面。现在呢？给面粉店送去多少麦子，就能换回来多少斤白面。大家疑惑地说哪里会有那么多的白面呢？红面哪里去了呢？最后，大家下了定论，说我们吃的那就是红面，只是里面放了增白剂……

　　小谭听大家议论，心里越加地不平静，小谭卖饲料，像做了偷偷摸摸的事情。可他不能不跟同行一样卖饲料，如果他的饲料不卖出去，那他开饲料店不如不开。每天来他店里的人，除了养洋猪的，还是养洋猪的。他跟这些人打交道，知道这些人，养猪又不是养宠物，养猪就是为了赚钱，养猪不养洋猪养土猪那人不是全疯也是个半疯子。洋猪一年最少出三栏，土猪

八个多月才出一栏，傻子都会算这笔账。

　　小谭到葵花家，既惊讶又兴奋，他没想到葵花家里养了这么多的土猪。小谭在来葵花这里之前，去过好多家猪场，看见的都是白色的洋猪。那洋猪圈里，炫白一大片，看得人脑子晕。现在，小谭在这里是田贵葵花请来的兽医，这对他来说，真是一次精神上的解放。他再不会站在饲料店里，背着昧良心的包袱，闪烁其词了。看着一天天壮大起来的土猪，小谭是欢快的。小谭在这里住下来，他终于开始了他喜欢的工作，他毕业时候希望的火苗，重新给点燃了。

55. 猪草

那树园子里的榆树，老大了，一棵一棵，是一片树
林子呢。

土猪的饲养，照葵花以前的路子，吃猪草合着玉米糁。葵
花将玉米穰子用打碎机打碎，煮了，拌着玉米糁喂猪。葵
花想起小时候，娘每天喂猪就用麸皮和了榆树叶子煮一大锅，一头
猪能吃两天。葵花想起他们家的树园子，那树园子里的榆树，
老大了，一棵一棵，是一片树林子呢。现在，没有树林子，葵
花就跟田贵商量，每天收购麦麸，收购猪草。

"收购麦麸容易得很，各面粉厂有的是现成的。收购猪草，
可得想点法子，"田贵说，"猪草说起来人人都会割，可现在
谁还愿意割猪草呢？"

"会的，只要我们诚心要猪草，会有人来跟我们合作。"

田贵说："也印一些传单，分发给大家？"

葵花说："你就让人写一张，写一张大点儿的，贴在村里
最显眼的地方。"

葵花跟田贵商量着将一斤猪草的价钱定在两毛，后来，又
把价钱定在两毛八。葵花说如果一个人一天二百斤猪草，一天
也五六十元，田贵说这价钱也是一个人在建筑队里干活的工
钱了。

田贵跟葵花似乎忘了前些日子的不愉快，忘了穗穗的病。

村里以前的公告栏上，贴着一张大红纸，上面用毛笔写着
大字，村里人看稀奇一样地围在那里。村里人把字儿都看过几
遍了，但他们还是围在那里看，那张告示。大海报一样的，招

159

来了村里的老老少少。

红纸安静地贴在墙上，下面是围着的人群，他们一个说："葵花家里专出稀奇事儿，他们家这会儿要收购猪草了，一斤两毛八！"

一个说："这哪里是葵花，是田贵。你看纸上不是写着田贵的名字么！现在田贵不是做着养猪场的理事长么？"

另一个说："你看这上面是收购什么？是收购猪草，猪草不长在地里，还能长在房檐上去呀。这是庄稼地里的事情，就该是葵花管。"

"那割回的猪草，喂谁？可不该是喂你吧？"

大家哄声笑了，七嘴八舌起来，说不要争这事情是归谁管，田贵是理事长，葵花就是那个管理事长的。大家被这句话又逗得笑起来，大家说，人家两个谁管谁那是人家两口子的事，现在，纸上写着田贵，我们就找田贵说话。只是收购猪草这可是多年以前的事情了，一斤两毛八，还真是好事情，照这样的价钱，这土地可真是长了钱了。

一伙女人也笑，她们叽叽喳喳，里面有几个在外头打工的女人，她们说真要是这样，比她们在外头打工赚得多。她们在外头赚钱，一个月才几百块，这一个月怎么算也有一千多块啊，这样的价钱，一个好男人，也值得去做。眼下，不是工厂里裁减人员，就是步子迈不大的工厂停产，她们中的一个说，她的男人就从厂里回来了。这样说来说去，大家的心更热了一些，有的不说话，但心里是盘算好了的。

人群里忽然骚动起来，人们警觉地转过头，看见田柱迈着大步过来，谁也不看，走到墙跟前，一张手就把那张大纸给揭跑了。

大家哄的一下，不解地望着田柱，有的在窃窃私语，一边说一边看田柱大手里抓着的红纸。现在，那张红纸在田柱手里一点点皱，越皱越小。田柱一边狠狠地揉紧那张纸，一边背着双手大步走出人群。

是翠娥给田柱报告了消息，她看见了告示，听到大家的议论，急着跑回家要田柱出去看。

翠娥有了身孕，全家为这件事情高兴，最高兴的是田柱，田柱没有想到自己还会有孩子。自从翠娥怀上孩子，田柱看翠娥比以前顺眼了。田柱现在对待翠娥有时候连他自个儿觉得都有点脸红，可田柱高兴啊，他会有孩子，这些都是真的，这在田柱真是奇妙的感觉。他一个人待着，都高兴得笑了。

翠娥要田柱快去看，说田贵葵花他们现在真是昏头了，他们收购猪草，一斤居然两毛八分钱。一个男人，一天割二百斤猪草，你算算，一天是多少钱？一个月是多少钱？你给他们干活，一个月才多少钱？田贵他们再有钱，也不能这么着把钱往外送啊。

田柱正要去猪场，听媳妇这么一说，在脑子里算了一把，当即三步并成两步，走过一个个家门，走向那热闹的场地，一把就把那告示揭下来了。

大家看着田柱离去的身影，又纷纷议论，一斤猪草真要值那么些钱，那咱村里人什么都不做都割猪草去。现在，只剩下地里的草不要钱，再没不要钱的了。

"就是，"一个说，"如果真有这样的好事情，谁还花钱买除草剂……"

"一定是田贵后悔了，只好让田柱来撕告示。"

56. 铡草机

草进去，像切菜一样，猪草就切碎了。

大家刚要散去，只见田贵风风火火地又提着一页红纸过来了。说着话的人都静下来，他们看着田贵照着原来的地方，那么一贴。大家再看，还是原来的毛笔字，上面写的还是收购猪草，但一斤猪草不是二毛八分钱，是三毛！大家你看我，我看你，眼睛全睁大了，他们不相信地看着田贵。他们中的一个问田贵，说："一斤猪草真要付那么多钱？"

田贵说："只要猪草新鲜，不带药，有多少，养猪场就收购多少。"

现在，村人们看田贵不是从前的田贵了。田贵都是养猪协会的理事长了，他们眼里，田贵神气得很。他们听完田贵的回答，他们说："养猪场要多少人割草呢？"田贵说："我们全村人。"村里人听到田贵的回答，觉得田贵还是以前的田贵，不，眼前这个田贵比以前的田贵还要好。

大伙里的一个问："今天就要吗？"

"要。"田贵大声说，"什么时候来，猪场里都有人收购。"

"现钱吗？""现钱。照割猪草人的意思，每月清账，每天清账，都行。"

大家不觉把田贵围在当中了。大家听了田贵这样说，个个脸上洋溢着笑，有的激动起来，摩拳擦掌，心儿飞向田野。

人群里一个又问了："外村人割来猪草，收吗？"

"收，"田贵说，"我们看猪草，不看人。只要是猪草，只要新鲜，不沾这样那样的药物，就收。"

站在旁边的一个年轻小伙子喊："刚才你哥怎么气哼哼地撕走了那张告示呢？"

"是啊，"田贵说："我哥嫌价钱定得低啊，这不，我们重新调整了收购价。"田贵说着，看一眼问他的年轻人，说："别在这里闲着了，愿意的话，割猪草去，像你这样的大小伙儿，一天割三百斤怕都没问题。"

大家听田贵说了这样的话，围着的圈子松动了。田贵从人群里走出来，大家看着他一步步走远。

当天，果然有猪草送来了。这天以后，猪草源源不断，里面真还有外村人割来的猪草。

在猪场收购猪草的，不是别人，是小谭。田柱站在一旁看，村里人见了田柱都很喜欢，他们说田柱心肠好，心里装着咱村里人。田柱听村里人这样夸他，不说话，把红着的脸别过，看小谭从一筐草里抓一把，用舌头舔。

田柱脸红着不说话，但脑子在转，他想起那天把撕来的告示扔给田贵和葵花，想起他们俩惊讶地看着他……田柱想还是田贵葵花说得对啊，做事情，靠大家，只有让大家多赚钱，他们才会参加进来，新生的养猪业才有希望。

时间一长，还是有麻烦的，有些人送来的猪草不新鲜，有些人在猪草里夹了大石头。这是多年以前在农合社时候的把戏，农合社时候，收猪草，那时不是钱，是工分，社员们割了草，交公的时候，里头就有大石块。小谭跟送草的人争起来，但以后这样的事情还是少了，来猪场送草的人见天越来越多，都能编成一支队伍了。他们大多是三轮车，为了割猪草，有的专门买了新三轮。他们说割草赚钱，一辆三轮车不到半年就赚回来了。队伍里头背筐来交猪草的，是老年人，好多老年人也加入到割草的队伍里来了。他们说在家闲着也是闲着，不如割草，还能换几毛钱。那些捣鬼的人，看着送猪草的场面，他们与小

谭争吵，心里发虚，猪场又不少他一个人的草，如果猪场不收他的草，那就坏了他的财路了。

现在，猪场每天都堆着成堆成堆的青草。从收购猪草开始，田贵和葵花就想到铡草，他们终于看上一样机器。现在，田贵葵花的名气可大了，出门人家就会认出来，他们只交个定钱，就先把机器拉走了。这机器，真是好，草进去，像切菜一样，猪草就切碎了。

爹来看机器切草。爹颤巍巍的，抬手指着正在运作的机子，爹说："现在就是好啊，你看这机子，把好几个人的活都做了。还是机子切得好啊——比我们这些老把式铡的草都要好。"操作机器的人说："这机器可听话了，你让它切长它就切长，让它切短它就切短。"爹听到这样的话，看着，看着，眼睛润湿了。爹说："苦都让我们这辈人给受了。现在什么都好了，我们却老了。"

在场的人听到老人伤心了，一个就说："现在人人都要活过一百岁，你呀，像我们一样，赶着好时候了。"

爹听了这样的话，又高兴了。爹说："这孩子说得对，谁能够想到现在能有这般光景呢？哎呀，现在的生活，真是要多轻省有多轻省呢。"

大家听了老人的话，哈哈笑起来。

57. 收购

他站在原地，一动不动，他听见一片轰响，身体里
有什么在倒塌，那一片的响声，从内心透过他的两只耳
朵，轰隆隆直冲上来。

田贵自从做了理事长，出去了好几次，葵花以前的日子一
点点又回来了。在田贵出门的日子，她开始思念田贵，在葵花
心里，她是不希望田贵出门的，如果不是为了学这学那，不是
为了她心里想的种地养猪，她才不要田贵离开家出门呢。这些
年来，她心里有一根弦，紧紧绷着，葵花这样想了又想，不觉
心酸起来。她想到了女儿，穗穗还是沉默寡言，穗穗成了葵花
的一块心病了。

田贵外出了好几次，胆大了，心细了，他要把养猪业办成
产、供、销一条龙服务。他说只有这样，才不受收购猪的人欺
负，土猪才能卖出土猪的价钱。

那收购猪的人来了，田贵说是不是把价钱抬高一点？那人
的脸上就挂着笑了。那笑真是有点说不上来，那笑当然说不上
是友好，那笑有些伤人。在田贵看来，那笑是看不见的刀，割
得田贵身上到处是伤疤；那笑是刺，刺得田贵的心火辣辣地疼。

田贵跟他讲，说："土猪肉比洋猪肉吃着香啊，这谁都知
道啊。"

那人的笑更深一些了，那人说："是啊是啊，这谁都知道，
可市场就这个样子，大家都这样，我们也只能出这个价钱啊，
你总不能让我赔钱买你的猪吧？"

田贵还想说什么，可说什么呢？他看着自己八九个月才出

窝儿的土猪，一头头被吼着赶上了车。那车斗是用钢筋焊接的，那人见猪一头头全上完了，上前把钢筋门闭住，锁上。这时候，收猪人脸上的笑多少带了一点点友好，这友好里头有那么点占上风的味道。

田贵望着这样的笑，望着拉猪的车一点点走远，他站在原地，一动不动，他在听，他听见一片轰响，他的身体里有什么在倒塌，那一片的响声，从内心透过他的两只耳朵，轰隆隆直冲上来。

田贵真是受够了，那一车一车运走的土猪，是他的心血啊！他的眼里饱含泪水。

他多少也听到关于葵花和村支书的流言，他相信媳妇葵花，经过这些事情，他不能猜疑葵花，不能再做伤害葵花的事情。从他的内心，村支书是为村里办事的好当家人。建养猪场，村支书顶着多大的压力，帮他们跑贷款，这里头有一种精神支撑，有一种做事情的魄力！村支书提出将种地与养殖两项结合起来……这些不是某一个人的事，不是某一个村的事，是全社会的事业！他相信村支书说的话，猪市终归是要向土猪这边扭转过来……

尽管这样想，田贵的心一会儿是舒展的，一会儿又缩成一团。

58. 嫩江

这些猪吃草，吃菜叶，吃麸皮，田贵家里串玉米柱子，到年前一根根空在那里……

老三田祥跟媳妇回来看望爹。田祥给二哥、二嫂出主意，他说土猪肉上市一定要在城里设卖点，城里人多，接受新事物快。田贵看葵花，葵花看田贵，他们都觉得田祥这话在理。人民路、泰华路、新兴路，杨艳拉着葵花跑东跑西，终于把地段给租下来了。

大型养猪场的土猪肉要上市，得费好几番周折，先是做品牌。田贵跟葵花给土猪肉想了个名字，叫嫩江。其实，这个名字是不用想的，也不知道是谁早在多少年前就想好的，嫩江就是葵花小时候家养的黑猪。大家称这家养黑猪是嫩江猪，这种猪模样看着好看，就像现在的家养宠物。嫩江猪最受农家喜欢，它的嘴巴不长不短，它的脸和鼻子，也配得正好。人们都说猪丑，其实猪里头也有长相好的。嫩江猪就是猪里头长得好看的一种。嫩江猪脸上的五官，远看近看不多一点，也不少一点，猪如果也选美，那嫩江猪就是个美猪了。它的嘴头子上面有两条纹。据说，女人有美人环，在脖子上，是两条细长的纹儿；嫩江猪的美纹儿，长在脸上了，它的嘴头上有这么两条纹儿，看着脸很花。花就是好看，农村人走亲戚蒸花馍，人们说花馍好看不说好看，说花。

这样的嫩江猪，如果是刚抱回来的猪娃，那看着真的是小可爱。它一天天长大，虽没有了小时候的可爱，但长大了的嫩江猪却风韵标致，如果长得肥一点，鼻子眼儿堆起来，看着肥头肥脑，就更中看了，看它，是一件非常舒心的事儿。村里哪

个孩子长得又胖又可爱，村里的大娘大婶就笑着亲他（她）说："长得多好，嫩江猪似的。"

这是农家人对嫩江猪的热爱，他们卖了养大了的猪，再抱一只猪娃，还是嫩江猪。村里人养了多少年嫩江猪啊。田贵、葵花两人一块回忆当年的嫩江猪，越说越喜欢，就这么定下来。他们翻了翻字典，他们左查右查才找到这样熟悉的这两个字：嫩江。好听，敞亮，细嫩。有了品牌，得有经营许可证。许可证是村支书出面，才很快办妥。

土猪肉终于上市了，田贵将租来的几个点，都放上土猪肉。猪肉上贴有鲜绿色椭圆的小纸张，那纸张上面是一头花尾巴黑猪，上面写着"嫩江"。

城里人起先还明白不过来，经卖土猪肉的人一介绍，他们明白了，他们把头点着，说："记得了，就是以前农户家养的猪啊。"他们接着又说："现在，哪里还有那个时候的猪呢？"说着，头就摇了好几摇。他们的眼睛紧紧盯在猪肉上，他们半信半疑地问："你们这真是以前的黑猪肉吗？"

葵花在城里的几个点来回转着看，田贵也来回转着看。快要到年底了，女人们在家里又是拆又是洗，大家忙着过年。田贵葵花两人担心今年的土猪肉是不是能卖得了。囡囡都在看热闹了，但看热闹的只是囡囡跟少数几家人。村里大多数人入了股。有几个老婆婆把积攒的钱，买一两头小猪，送到养猪场里来。养猪场有了东家西家的猪，村人们吃剩的饭菜都倒来了，村里家家都有一只猪食桶了。

村里打麻将的人少了，闲逛的人也少了，村里为有这么个土猪养猪场热心起来了，他们亲眼看着这些猪吃草，吃菜叶，吃麸皮，亲眼看到田贵家里串玉米柱子，到年前一根根空在那里……眼下，到了紧要关头，土猪肉上了市。这是年关，一村人都想着土猪肉能卖个好价钱，他们等着分红呢。

59. 摆摊

他们的心像吊在半空的铃铛，哪里稍稍起点儿风，就颤动起来了。

村里的满水，还有以前几家养猪户，他们跟着田贵来到城里。他们以前养猪，不像现在连产带销，卖猪肉对他们是头一遭。他们心里直打鼓，这些土猪，个个不沾饲料，全是吃草吃出来的，吃剩汤剩菜，吃粮食吃出来的，可猪现在一头头都变成了白光光的肉，这样说谁信呢？就凭猪肉上面贴的那个写着“嫩江”字样的小纸片吗？他们的心像吊在半空的铃铛，哪里稍稍起点儿风，就颤动起来了。

田柱没来，田柱媳妇翠娥就在这两天坐月子。田柱倒是想要来城里帮忙，葵花说坐月子是大事情。田柱听葵花说，不知道这事情有多大，心里先就害怕了。他记得穗穗出生那天，田贵皱着眉头在屋门口焦躁地打转。田柱现在明白一点田贵当时的心情了。

现在，各点都有这样的问题提出来。田贵和葵花看到各卖点前围上来的顾客很多，但他们光看，不买。他们听到“嫩江”猪肉的价钱，他们说：“眼下猪肉已经很贵了，这嫩江猪肉比市场猪肉还要贵好几块呢。”他们不买，他们说：“如果真的是以前的嫩江猪，再贵，大家都要，你们说是不是？”

说话的中年人，一边说一边左左右右看大家，田贵听到这句话，心里“嗵”地一跳。他看准这个中年人，走过去，提起案上的刀，割下一斤多猪肉来，递出去。那人直往后闪，那人说：“我可没说买啊。”

"不要你买，就凭你那句话，送给你的。"

"真的啊？"

"真的。"

"不行……哪能白要人的东西……"那人不好意思了，他说："那就再来一斤，我买了。"

田贵没想到这一刀肉，让卖肉的场面有了转机，他看到中年人利索地从裤口袋里掏出皮夹子，从皮夹子里头取出硬硬的一张来。

很快，围在这里的人，都开始掏钱夹子，但他们都不多割，最多也不过两斤猪肉。九点过了，十点过了，太阳照得红亮亮的，各点的猪肉却都没下去多少。

田贵葵花两人捏着汗。十点半光景，各点猪肉案前，人突然多起来，这些城里人像谁吹了号子摇了铃铛，都像是全城出动，挤在他们各点的肉案跟前了。他们看见肉案上的猪肉，像电视里的快镜头，眨眼间卖了个精光。

猪肉卖光了，挤在肉案前的人松散了一些，没有买到肉的人，脸上少不了带着失落。葵花高兴地望着他们，葵花说明天我们还来，明天我们多带些。

田贵、满水他们这天高兴地回家了，一路说笑着一天来他们看见的有趣的事。他们说到有两个人抢着买肉，说了一句什么话，大笑起来了。他们说真是没想到会这么畅快，大家一定是尝出来了，才来买回头肉，他们一传十，十传百，才来了那么多的人。田贵安排明天多杀出比今天一半还要多的猪肉。田贵暂且忘了女儿穗穗的病了，他等着明天，明天对于他们这些庄稼人，似乎又多了一层意义。

但第二天不像他们想象中那样畅快，简直就是不畅快。第二天他们一来，各点都有买肉的人等在那里。这些年，人们的生活发生了大变化。以前是粮食为主食，肉类菜类是副食品；

现在，大家喊着要减肥，人们把吃菜当做主食了，恨不得顿顿只吃菜，可是，大家一边喊着减肥，一边也要享口福。以前大家不吃肉是买不起，现在不一样，不管家里富裕不富裕，肉还是能吃得起的。

看着早早候在那里的买肉人，田贵的心都要蹦出来了。这天，葵花没跟着来，一大早，田柱拍门把葵花叫过去了。田柱媳妇要生了。

天一点点发亮，田贵看着这些人，他从这些人不很清晰的面容上，看到养殖土猪、发展土猪的希望。葵花说得对，还是老老实实地好。这些买肉的，有些是昨天没有买到肉的顾主。

他们摆好摊，开始割肉称秤收钱，他们甚至都不说一句多余的话。

60. 许可证

他的声音从喇叭里头传出来，变声变调的，跟他的原声有些不一样。

太阳爬上来，红红的太阳光从围着的人缝里头露到案头上，卖肉的一个个忙得团团转。很快，当天的猪肉卖了大半了。这时候，挤进来两个胖子，两个胖子后头跟进来一高一矮两个穿蓝制服的。挤在肉案前的人，看到这光景，松动了，圈子一下子敞开。前头进来的两个人，靠边挪了挪，那两个穿蓝制服的，一站到肉案前，就朝埋头卖肉的喊停停停。正在割肉的人抬起头，顿住了，看一眼身边的田贵，把刀放下了。

一高一矮两人，其中一个用手翻了一下案上的猪肉，问有许可证吗？田贵把许可证递给他。他拿在手里，翻转着看了又看，他看了好半天，没说什么，但他也没有把证交还给田贵。另一个工作人员看也不看田贵，他说：你这是土猪肉？

"是。"

"这都啥时候了，哪里还有什么土猪肉！啊？"一个胖子说。

"我们这真是土猪肉，你看这是我们的品牌，我们的品牌：'嫩江'。"

"什么内江外江，谁都会印这么个纸牌牌出来。噢，印这么个纸片，就是土猪肉了？就多赚钱？"

"真的是土猪肉，这些土猪真是照以前的土猪喂养，无药物，不加水，没有激素……"

"不要净挑好听的说，你说你这猪不吃这个不吃那个，你们拿什么喂？"

"草，麦麸，玉米。"

"不用饲料？"

"不用。"

"一点不用？"

"我们家就没饲料。"

"如果多少用点饲料还对路，如果一点不用饲料，这话就说得过分了。现在谁家有那么多的粮食？"

这个胖子一边说一边看穿蓝制服的人，胖子说："这明明是睁眼说瞎话，你让大家伙听听，现在哪里还有一点儿不用饲料，专门用粮食喂猪？真是出怪事儿了……我说，伙计，你新手吧？你看看我，不认得吧？那你就是才做我们这行生意。"

"不，你说得不对。你那是洋猪，洋猪才吃饲料，我的跟你不一样，我这是土猪。"

"土猪，就算你的是土猪，土猪咋了，土猪就不是猪了？你说你的猪吃的粮食就是粮食啊，你眼前摆的是猪肉，不是粮食……你给大家说说，你让大家见见你猪肉上的粮食！"

"就是，凭什么你那猪肉就是粮食吃出来的？你的青草在哪儿呢？你的玉米又在哪儿呢？坑人！"另一个胖子说。

村里人听了这半天已经很生气了，现在又要田贵说说这肉咋就是土猪肉，村里几个人开始七嘴八舌，说："这还用说吗？买回家煮着吃就知道了，一吃就知道买的是洋猪肉还是土猪肉……"

"说得好听，"那两个胖子一听这话哈哈笑了，"这不就是骗人吗？肉买也买了，钱掏也掏了，回到家里就是另一回事情了。你们胆也太大了，你们怎么敢大白天睁眼说瞎话，在城里招摇撞骗？"

田贵说："土猪肉跟洋猪肉就是能看得出来……"那两个穿蓝制服的看一眼田贵，他们像是烦透顶了，他们说搬搬搬，

把这些全搬到工商所，搬到工商所再说。

村里人一齐上前，不让动猪肉。田贵不知道从哪里掏出一只小喇叭，举在手里，田贵面向围观的人，他的声音从喇叭里头传出来，变声变调的，跟他的原声有些不一样。田贵说："大家一定要听仔细，土猪跟洋猪喂养不同，它们的肉质就有很大的区别……"

但人群很快骚动起来，一伙的工商人冲上来，将案上的猪肉拖着就走。田贵去拦，手里的喇叭飞了出去，村里人跟工商人员扭到一块，打在一起。田贵冲着那个把他手里的喇叭打飞出去的人走去。接着，那人的脸上挨了重重的一拳。

田贵被拘留了，村里人被拘留了。

61. 小喇叭

土猪肉瘦肉的颜色是红色的，发着亮；洋猪肉的瘦
肉不上色，不像土猪肉的瘦肉红得鲜正。

这天，卖肉的几个摊点都出了事。村支书当天来到城里的
派出所，村支书那天真是火冒三丈，他直接去找工商局的领导，
找派出所的领导。村支书说："我们村里搞养殖，搞土猪品牌，
好多年的努力才盼星星盼月亮出了这头茬土猪，我们却成了骗
子！我们村一村的骗子，啊？你们随便听人一句话说没收猪肉
就没收，说关人就关人，啊？"

村支书要派出所马上放人，村支书说没收的猪肉从哪里拖
走再给放回去。村支书说："这是合法经营啊，你们说哪里不
合法，把我留在你们这里。如果说行骗，我是我们村头一号！"

村支书气得话都颤起来了，他说："我们村土猪场今天能
做到这份儿上，我们就一定要做成它，让大家知道不只是洋猪
肉进市场，土猪肉也能进市场。土猪肉就是要跟洋猪肉比着拼
着，就是要抢洋猪肉的市场！你们站在这里的人，就喜欢注了
水的洋猪肉？就喜欢饲料喂养的洋猪肉？这世道真是见怪不怪
了，好好的土猪肉放在眼皮子底下倒罚，注了水的有激素的洋
猪肉，倒成了你们眼里的好肉，倒受到你们的保护了！"

村支书到工商局是这几句话，到派出所还是这几句话。派
出所有人认识村支书。他们听村支书说完，笑着在村支书肩上
拍拍，他们说："老支书啊，今天火气蛮大的，以前你来我们
这里可不是这样啊。"

"以前的事能跟今天这事情一样？你想想，办猪场容易

吗？特别是这是为大家办好事。你看看现在的猪肉市场，那些白种猪，除了吃配好的'长得快'，它们还有吃的吗？你知道我们村的土猪天天都吃什么？我们村的土猪场收购青草，我们让土猪吃磨麦子剩的麸皮，吃全村人们送的剩饭剩菜。我们不只是养猪，还种田，种出来的一大半玉米，全让猪吃了。我们不只是不让猪吃饲料，土地施的都全是土粪啊！这是拼了命搞绿色经营，你们说说看，这绿色经营怎么就不好了？……眼下，养了快一年的头栏猪，终于上市了，定的土猪肉价比洋猪肉价仅仅高几块钱，你们便听两个不知道什么人的报告，就把肉没收了，就把人拘留了……"村支书说到这里，停住，他双眼潮红，把头仰起来。

土猪肉重新摆上市。这天，田贵手里紧紧握着小喇叭，他一个点一个点地跑，把土猪几个销售点全跑遍。村里人听着他举着喇叭说话，他们又是高兴又是惊奇地看着田贵。刚才在派出所，村里人一看到自己的村支书，好多人都不由流出了眼泪。现在，他们看田贵疯了似的，手里握着喇叭，对着围观的人群。田贵说："土猪跟洋猪在喂养上不同，肉质就不同。"田贵说着不知道从哪里提来一吊猪肉甩在肉案上，田贵说："这就是用饲料吃出来的洋猪肉，大家近前比比看，你们伸手摸摸就会知道土猪肉皮层的肥肉厚，洋猪肉的皮层明显薄。土猪肉的肥肉白，有光泽，洋猪肉的肥肉不清亮。如果拿回家煮，两样猪肉煮出的汤就更加的不一样，土猪肉煮出来的汤是清亮的奶白色，吃起来香、嫩；洋猪肉煮出来的汤发黄浑浊。同样的一块肉，用手提，也能分出是土猪肉还是洋猪肉。提起来觉得重一些的肉，是土猪肉，土猪是用粮食喂的，骨头重些；洋猪用饲料喂的，骨头疏松，轻。"

大家听田贵这样说，纷纷点头，有几个老年人，提了提上面贴着"嫩江"品牌的猪肉，他们赞成田贵说的话，说这个人的话说得真是有道理。

田贵说："如果稍仔细一点，看一眼也知道是土猪肉还是洋猪肉。"大家被田贵的话吸引住了，大家看着他，伸长脖子。田贵说："土猪肉瘦肉的颜色是红色的，发着亮；洋猪肉的瘦肉不上色，不像土猪肉的瘦肉红得鲜正。猪肉买回家煮，土猪肉的瘦肉看起来是红的；洋猪肉的瘦肉，青白色……"

大家听了田贵的话，"哗"的一下，说开了。村里人看着田贵更惊讶了。这哪里是村里那个跟他们在一起多年的田贵呢？他知道得那么多，真成一个学问家了。

这些话，田贵对着小喇叭说了一遍又一遍。就像春节里好看的节目，大家追着听，追着看，大家听了还想听。田贵的话深深印在听众的心里了，大家说谁说猪肉放在那里不好认？照这个人说的话，认得清楚着呢。

62. 接生婆

> 田柱吓得两腿抖着，本来就实诚，这会儿只是一个
> 劲地点头，啊啊着出门，飞一样地去了。

葵花一早来到大哥这边，要大哥赶紧给田祥打电话，叫车来，一块儿上医院。

翠娥一定不去。她大哭小叫，说她难受得不能活了，她说她要死就让她死家里吧。翠娥说着，脸扭得跟麻花一样了。

葵花赶忙叫大哥去叫邻村的接生婆。田柱吓得两腿抖着，本来就实诚，这会儿只是一个劲地点头，啊啊着出门，飞一样地去了。

葵花心酸眼热地拉着翠娥的手，在翠娥还能受得住的时候，给翠娥吃点，让她好有力气。翠娥的难受劲过来了，葵花握着翠娥的手。翠娥大声地叫骂，也不知道她在骂些什么，在骂谁。她一会儿骂，一会儿又看着葵花说："帮帮我，葵花帮帮我，全是我不好，我说你坏话，你原谅我，你看，老天在惩罚我，你看见了吧……我怕是活不成了。"

葵花急得要掉眼泪，她说："大嫂你快别胡乱想，你把心思用在生孩子上，孩子一定会出来的。我生穗穗时候也是这样，我们女人都一样……"

田柱叫来接生婆，葵花正在喂翠娥吃饭，翠娥吃三口，难受一阵，吃两口难受一阵，接生婆说快了。

翠娥再也不能吃了，接生婆让葵花和她扶着翠娥在屋地上走。又是一阵难受，翠娥啊啊地叫着，似要晕厥，田柱他们一块抬翠娥上了炕，接生婆看小孩子的头就要出来了。

　　葵花急得一头的汗。正是这个时候，葵花听到外面有人喊她，说是田贵在城里出了事，葵花心里一惊。她又听说村支书去了城里，现在猪肉又在各点摆上了，这才有些放心。

　　屋里，终于响起了婴儿哇哇的哭声。

　　葵花照顾着翠娥母子，心里忐忑了一天。

63. 尾声

他看见一蹦一蹦的蟋蟀，跳跃着用手去捂。

村支书在葵花心里，当然不再是为了种地第一次去见的那个村支书。那时候，葵花只认得村支书这个人，就像葵花新嫁过来知道村东有麦场，村西有学校，葵花新嫁过来，村支书在葵花头脑里只是一个符号。葵花第一次去见村支书，当她听村支书说让田贵来见她，葵花心里直打鼓。一村人都在向钱看，打工才是村人热衷的话题，葵花却跟村支书谈种地。她想村支书这样回答她一定是托词，跟她打马虎。但后来这一件接着一件的事情，让葵花惊讶。这惊讶里头有意外的惊喜。村支书不仅没有忽视种地，相反对种地很感兴趣。后来，葵花再去见村支书，觉得村支书说话有意思，他说每一句话、每一个字，似乎都要想一想，想好了才说出来。村支书的话好金贵！葵花微笑着在心里说。还有，村支书说话轻，不是大嗓门，狂吼乱叫的，葵花最受不了的是狂吼乱叫。

村支书在种地上，花费了很大的心思，葵花很感激。尽管，种地是一村人的事情！有村支书的支持，村里有了收割机，现在种地合作社成立起来了，种地和养殖业合作经营……这点点滴滴，葵花怎么会忘记？女儿穗穗受伤后，那天，葵花极度悲伤一个人站在悬崖边沿，那是对生命的绝望，一个女人是柔韧的，但经过岁月的女人很少不遭遇绝望的时刻。葵花在那个时节，头脑里一片混乱——什么种地，什么养殖，还有——什么是爱？她来到村后沟那片少有人去的空旷的地方，她需要倾诉，向着浩渺的青山，向着游走的浮云，哭泣。她记得村支书对她说的话。她跟村支书心里是敞亮的，他们热爱土地，他们是另一样爱，是另一样心心相连。这样的爱，一样是永久的，深切的。有多少人对爱产生怀疑，他们将爱涂了一层又一层，将爱涂得面目全非。其实，爱没有变，也不会变。就在那里！

这天，田贵被村里人送回来，头上带了伤，额头上乌青乌青的。

夜深了，葵花摸着田贵头上的伤，问："痛吗？"

"不疼。小时候掏鸟蛋从树上跌下来，就这个样子。"

田贵的嗓子有些哑。

葵花本来是含着眼泪，田贵这一说，葵花含着的泪花笑落了。她说："你今天都是一个大英雄了，村里人说的都是真的？你真在城里的大街上对着喇叭喊了？你从哪里知道得那么多呢？"

"怎么能不喊？这些话我在心里喊叫千遍万遍了，今天在城里的大街上总算喊出来了，不喊，我就憋疯了。我喊得一城里人都知道土猪肉跟洋猪肉不一样，我就是要一城里的人不买洋猪肉，全都来买我的土猪肉。"

田贵一边说，眼泪止不住地流出来。葵花的眼泪也流下来。他们各自听见心中竖起的那堵墙在被泪水一遍又一遍地冲刷下，坍塌了。他们俩说不清楚是心酸还是高兴。

田贵家的窗户黑下来了。天上的月亮，像在大海里漂着一样，荡漾着。

又是几年过去了，庄稼地里干活的葵花后头，跟着一个可爱的男孩儿。那孩子跑两步就弯下腰去，他看见一蹦一蹦的蟋蟀，跳跃着用手去捂。他安静地蹲下来，看得那样仔细，那是一条蚯蚓一点一点地从湿的泥土地里钻出来。

关于本书的写作（跋）

写了多篇乡村小说，关于土地的小说写了两篇。一篇是中篇小说《憨憨的棉田》，一篇就是现在这本《葵花 麦穗与田野》（原拟名《麦香》）。

两篇小说分别写于 2006 年与 2007 年。《憨憨的棉田》起笔于 2007 年 7 月，写了三万字左右，发表于 2008 年《黄河》杂志，于当年《小说选刊》第 5 期选登。《麦香》写于 2006 年，先写于《憨憨的棉田》，却成稿于后；这样看，《憨憨的棉田》这篇小说是在写作《麦香》过程中写作的，成稿后，顺风顺水。

自写作《麦香》到如今，十五年过去了。这十五年里，《麦香》不曾消停。2006 年起笔写《麦香》，初稿完成，写了十万多字。后来，我尝试着将这个小说以葵花和田贵两个人物各自为小说中的主人公，拆成两个中篇小说，分别以《葵花》和《田贵的猪事》做两个中篇小说的名字。《葵花》于 2010 年发表于《阳光》杂志第 1 期。

但从现在来看，我倒觉着落难的《麦香》保留了原来成稿的长篇的样子，是幸运的。

一个出生于乡村，生长于乡村，与乡村有血肉相连的写作者，她将目光与乡村缠绕，将目光盯在乡村土地上，这本来是一件极为普通寻常的事情。但在 2006 年 2007 年的写作当中，两篇小说都与土地相关，就不仅仅是写作者的土生土长，不仅

仅只是出于一个青年对乡土的亲切和热爱的温度。那么，这个小说的出发点究竟是在哪儿？

应该说，写作这样的一篇小说，与我的生长环境相关。这生长的环境，不是我的小家，是我生长的那个小县城。县城离我生长的村落二十多里。二十多里，在现在交通便利、交通工具发达的年代，抽支烟的工夫就到了。当年，县城对一个村落的孩子，是遥远的。遥远给人美好的想象。记忆里，年幼的我去过两次县城。七岁那年，我跟家长去县城排队在纪念伟人毛泽东逝世的队伍里。我看到偌大的广场，看到街上来往着很多的人们。一次，是十岁左右，坐在自行车梁上，那土路颠簸，一路磕得胸膛疼。印象里，坐自行车上县城，那路遥远得就像坐着自行车上北京。年幼的我，上县城就这么两回。但这两回，打着磨灭不了的印记，足够我记忆一生。开始念初中，走读。我可以骑家里的自行车去上学。我开始写稿，也喜欢上买书，偷偷骑自行车去县城。这以后，我上县城的次数就数不过来了。上县城，先是到邮局寄稿件，然后就轻松地去逛新华书店。

在这本书出版之际，提这些陈芝麻的事情，是要说我的这本小说，正是那个年代的年物。改革开放的春风送进千家万户。我这一代得到的好处，就是不去生产队劳动。姑娘家一个个成了女人，不再织布纺棉，手工制作从女人的生活中消退。

但这不是主要的原因。这就说到我成长的环境。我的家乡，背靠大山，家乡人以煤为业。幼年，每晚睡觉前，听大山里开煤窑的神话，听祖辈上山背炭，驴儿马儿上山取炭，那真人真事有名有姓，如同发生在昨天。改革开放，我的家乡家家烧焦，户户养车。靠山的农民开起了煤矿，家乡各处开起了厂矿，我家乡的县城富裕起来了，我的家乡富裕起来了。温饱不成问题的家乡人，开始到各家厂矿去打工，一切向"钱"看，农民对种庄稼失去原有的热情。家乡人从尝试打工，到热衷于打工，到眼下不得不出去打工，这个过程经过了三四十年。这个过程是短暂的，也尤为漫长，让我从一个懵懂的少年，走过宝贵的青春，成长起来。这整个过程，我是亲历者，见证着这个过程中的细枝末叶。大变革年代，新事物新变化，三两年就是一个模样。家乡人从一个彻头彻尾的农民，转变成为亦工亦农。农村人念叨着的"电灯电话，楼上楼下"悄然落伍了。家乡人有了电视机、摩托车，富起来的农民到城里买房。上世纪九十年代，城里张开怀抱接纳农村人。家乡人以农民或者打工者身份在城里安家，过着跟城里人一样的生活。

去城里买房，在城里居住生活，对于面朝黄土背朝天的农民，是一个梦想。而这个时代，梦想成为现实。在改革开放的年代，农村人向往城市，小城市人向往大城市，这成为潮流。家乡里的每个人，每一家将在城里买房，居住在城里生活当做人生的追求，作为一生奋斗的目标。

这本小说，恰恰讲述了一家人，在这样的时势下，对人生的另一样考量。我小说里的人物，往往带着一样在常人看来怀着"异秉"的东西。他们看上去是执拗的，有那么点情理不通。《憨憨的棉田》里的憨憨，与这本小说里的人物略有相像。只是，憨憨在小说里身只影单，他的人生有那么点悲凉凄苦。如果《憨憨的棉田》这个中篇小说，呈现农民对土地热爱，叙事简单，《麦香》这本小说，在表现力上相对地讲，是丰富的。《麦香》有两条线，一条是葵花种田，一条是田贵养猪。葵花和田贵跟小说《憨憨的棉田》里的"憨憨"一样，是长着"反骨"的人物，特别是葵花。她有着与憨憨一样的拗劲儿。她的拗劲儿一样让村里人不能理解。村里的女人盼男人出去打工赚钱，葵花因为田贵出去打工，跟他闹脾气。村里没人养牛，她养。在田贵眼里，"葵花就是这样儿的，给家里再逮只猫呀狗呀，她一定也是爱的"。田贵对于葵花的理解仅止于此。其实，

葵花对牛的怜惜和爱意，除了天性对生命的亲近，更重要的是牛与土地几千年固有的关系。在葵花这个人物身上，赋予着人的生存与农业的血脉相连。

对于村里女人们的游手好闲，葵花是痛恨的。她怀念旧时代的慢生活。衣服是手工纺织的，那夹线的钳子、针线包深深地刻在葵花的记忆里，而这些一样样从女人的生活中退出。葵花沿路看见庄稼地长不成个样子，气愤了。为了家乡的芦苇地被商业占用，感到不平。随着改革的深入，经济的发展，传统农业边沿化。农业在家乡人眼中，成了可有可无的不被重视的对象。改革开放年代，人们脱去以往的苦日子，在变得富裕的同时，慵懒起来。

社会的进步，农业真会仅仅是农民的副产品？我们的土地，那被喻为母亲，贵如金子般的神奇的土地，真的要像现实中在金钱面前，被世代耕种的农民鄙夷吗？

葵花这个人物身上，先天地打上传统的农民情结，与《憨憨的棉田》小说里的憨憨不同的是，葵花在经济浪潮中，在变革的新时代，她积极接纳新生事物，与时代同呼吸，共命运。她买回一辆三轮车，自学。更加可贵的是，她的热爱土地，带动了丈夫田贵，带动了村里的农民，回归土地。让村里人懂得土地的价值，热爱土地，守住土地。葵花的发展经济，她想的不是她个人的富裕，是要村民大家同劳动，共致富。葵花是大地的儿女。她自然、纯朴。她的身上不仅留着对土地的情义，更有对劳动的热爱。小牛头一次拉犁，掉头带着犁跑，挨了抽。葵花肩膀上搭绳，陪伴小牛拉犁。作为新一代青年，这样的热爱生活，诚实而金贵。葵花正如她的名字，无时无刻不向着太阳，向着光明。她的本身，犹如大地一般有着偌大的胸怀。

葵花的形象塑造是自然的，不曾有溢美之词。她的性格和胸怀，是从日常生活中的矛盾中体现出来，通过她的语言和行动流露出来。这些细节，让葵花这个人物在小说里活动起来，像生活中真实的人物。

小说里，应该说除葵花而外，其他的几个人物，包括田贵，多是对葵花这个人物的陪衬。他们在小说中有着各自的存在。小说里的田祥象征着时代向前的步伐。田祥在小说里的不多出场，却是小说跳动的脉搏，是推动小说情节发展的一个桥梁纽带。小说里不大起眼的人物，其实有着决定性的作用，往往是推动小说的关键，有着重大的意义。田祥的存在，与田柱田贵是一个明显的对比。同辈人，差着不到十岁的样子，却有着不同的思维、不同的观念，这里头有好多的原因，但时代跨越步伐的迅猛，占决定性的因素。田祥有新思想新追求。但他改革不忘本。他支持葵花田贵种田和养猪，将几年来攒的娶媳妇的钱全拿出来，让田贵买猪苗，办猪场。农家出身的田祥，顺应时代发展，向往美好生活的同时，不忘家乡，回报土地。从年轻一代人的身上，我们看到了希望。

小说里的囤囤媳妇，是葵花的种地伙伴。囤囤媳妇是个性格火辣而又勤劳热心的妇女形象。在小说里，共同的爱好，让囤囤媳妇跟葵花成了好朋友。一个好汉三个帮，葵花正是有这么一个为她鼓而呼的得力帮手，她们从尝试着种田，一步步扩大合作化规模。这也正是《麦香》比《憨憨的棉田》丰厚之处。《憨憨的棉田》小说中，憨憨单打独斗，沉浸在个人辛苦经营之中，终归被浪潮吞没了。《麦香》里的葵花是合作经营，爱土地像一颗种子，她播种到大家的心田，大家一起维护，共同完成。小说里收割麦子的场面，为了土猪养殖在大街上斗争的场面，是热烈的，激动人心的，有成功的希望。

翠娥是小说中不多的一个反面人物。我的小说里的人物多温和，翠娥这个人物的出现，是村里妯娌之间的写实。翠娥这个人物存在的意义，是乡村女人在改革开放年代，新的生活到

来的转变时期女人的真实状态的艺术再现。一个农家的年轻女人，在生活渐渐富裕起来，男人打工顾得住家庭温饱的情况下，过着两人生活，还来不及体会人生艰难，乐于享受，得过且过，应该说，开放年代乡村里像翠娥这样的年轻女人，是普遍的。

田贵是小说里除了葵花出场最多的人物，也可以说是另一个主人公。他受着葵花的影响，逐渐打消出去打工的想法，思路跟葵花靠近了。但他一直以为种地不能养家。这是田贵作为一个农人的偏见，更是一个男人受着利益驱使造成的。病猪肉事件，可以说真实再现田贵与爹自私的同时，反衬着葵花这个人物的高贵形象。而这样的情节是朴实的。小说里葵花形象的高贵真实可信。人间有白云有流水有花朵，一样有高洁美好的人。这是人间的美好，也是人间的希望。葵花是美好的，但田贵这个人物更为重要，田贵是在葵花鼓动下，热爱养殖。为了养殖，他与囤囤闹矛盾。在城里卖土猪肉，遭遇到质疑，在大街上喊喇叭，用生命去护卫……改革不是吃糖，幸福往往与苦难相随。但田贵经受住了考验。田贵精神是改革浪潮中的先锋，是中坚力量，应该得到重视和维护。

田贵爹，在小说里是老一代农民的代表。他即将退出历史舞台。他在小说中是被时代推动着向前，是改革开放的观望者。他对新生的事物，不支持，却完全不反对。当然，这里头有一个因素是葵花的种田与传统重合。但葵花要买三轮车，学三轮车，田贵爹是赞赏的。田祥要学开车，田贵爹不喜也不恼。田祥骑摩托车回来，他觉得"个头都长了一截儿"。田贵爹是接受新事物的。但田贵爹的接受新事物有一个前提，他接受的是排场、富裕。田祥要在城里买房，要到城里生活，田贵爹就气得病倒了。这样是与他的头脑里顽固的光宗耀祖相背离的。田贵爹表现出来的"肥水不流外人田"的自私，符合一个旧时代的过来人的心理诉求。小说里对田贵爹对农业的留恋着笔不多，只写了与葵花给牛铡草一节。这一节的表现，可以说是小说里写得最美的，细节的描摹刻画出农业时代深深地刻在田贵爹那一代人或者那几代人的骨髓里。那铡草过程中的喂草环节，是一代接着一代的流传和演变而得，是农业文明的一个美的再现。

小说初稿完成，或者吃饭或者走路，小说里一个个人物在头脑里变幻，我想：这个小说是不是理想化？十多年后的今天，土地承包、机械化耕种及猪场业发展尤为过而无不及。而这样的现实，出于老百姓的需要。老百姓离不开农业，离不开土地。正如葵花在小说里头说的话："……那我们这么多的人天天吃什么？把泥吃了吗？把土疙瘩吃了吗？……"

在改革开放进程中，大家向钱看，"小发明"多起来，有了锄草剂、增白剂。菜上撒上农药了，棉花被称作药棉，商业中各样掺假，出现许多的"事件"，人们像是被装进一样新兴的"套子"里头了。人们慌慌张张，用得不放心，吃得不放心。小说中主人公对于养洋猪还是养土猪的心理纠结，正是触及到社会问题的一个"点"。这本小说写了改革初期人们面对快节奏的改头换面的惴惴不安及生存困境，以及在这种困境中决心要将改革引到正路上来所付出的努力和艰辛，甚至是昂贵的代价。

这本小说从写作构思到成稿，在千禧年前后，也可算是改革开放前期关于乡村、乡民、乡情转变的作品。有葵花精神，我们的社会一定会走向真正科学耕种土地和真正科学养猪的道路上来。时间的推移，这一切的"不放心"，会慢慢得到解决。因为，我们的人民需要活着，还需要更好地活着。农业文明，在改革开放的推动下，终是被另一样文明所取代。时代的车轮不停向前，做老百姓答应的事情，乐于做的事情，相信更加美好的生活会一步步向我们走来。

2023 年 12 月

泥土地里的质朴

——曹向荣访谈

记者：您最初写散文，后来开始创作小说，有人认为您早期的作品语言憨厚质朴，用一种呢喃耳语般的叙事写小说，也以此引起了文学界的关注，那个时期您的创作方向是怎样的？最初写小说有没有什么清晰的定位？

曹向荣：老实说，当时的创作没有一定的方向，20 岁出头，为了写而写，为了要做事情而写。写作、发表散文八年后，出版了第一本书——散文集《消停的月儿》。小说写作开始于 2002 年，当年我写小说，心情迫切，连续创作两个短篇，分别发表于《黄河》杂志 2003 年第 1 期和第 5 期。我的文字语言跟我的性情相关，跟我的出身相关。我土生土长，我的质朴是泥土地里生长出来的，我珍惜这样的质朴，相信自己的质朴与任何人都不会一样。

呢喃耳语般的叙事语言，从开头我也不知道我会这样。或者，与小说里我常常用第一人称写作相关。据我的经验，我以第一人称写小说时特别顺手。2004 年，我发表了两个中篇，其中一篇《泥哨》，主人公是男生，我采用第一人称写作，入选当年《小说选刊》第 12 期首篇。小说《泥哨》有那样的语言氛围，不是我特意设计的，是自然流淌而出的，有那么点水到渠成的意思。

我没有要为自己定位。关于定位的说法，一直到现在，我不尊崇，也不愿受这样那样的限制。我的写作非常自由，包括我的散文。

记者：我很喜欢《憨憨的棉田》里的主人公桂桂，他执拗、勤劳、

热爱土地，他执着于只要踏实耕作，就会换来大自然的馈赠，面对工业化对土地的侵蚀，他不断抗争。创作这部小说时，你想向大家传达的是什么？

曹向荣：桂桂这个人物形象，有好多人喜欢。小说发表后，入选2008年《小说选刊》第5期。著名评论家贺绍俊老师在评论《不唱挽歌唱战歌》中称："我读到《憨憨的棉田》时就有了格外的惊喜，它让我认识了一位地道的农民，也让我对乡土有了更深刻的理解。"

《憨憨的棉田》写作于2007年7月。面对工业对农业的侵蚀；我写作《憨憨的棉田》，写桂桂这样儿的一个人物。小说是田园式的，自然平和富有情怀，怀有美好的希望和期待。如果说写这个小说要传达什么，我想要说的是：在经济大变革、物质富裕的今天，人尽量活得简单"原始"一些。

记者：您的作品《泥哨》入选《小说选刊》，广受好评，请谈谈创作过程。

曹向荣：中篇小说《泥哨》写作于2003年冬天，那是一段美好的时光。写作像吃饭走路一样，觉得轻松愉快，每天2000字。写作《泥哨》，我没有感觉我在写小说。真的是这样。我开了头，小说在笔下一天天延伸。每天写完2000字，我觉得没字可写了，打住。第二天，又有文字从笔底溢出来了。这里用贾岛《戏赠友人》里的诗句好有一比："笔砚为辘轳，吟咏作縻绠，朝来重汲引，依旧得清冷。"

这是我的第一个中篇小说，命中《小说选刊》首篇，毕星星老师当年在评论中说："经常有作者把入选《小说选刊》作为终生奋斗的目标，曹向荣才写了一篇，就命中榜首，简直是个奇迹。"

写小说，得想着人物，在小说里头泡得久了，会千愁百结。每天写完之后，我去倒杯水，或者去洗碗，小说里的人物会跟着我。我时时记得小说里的人，我会无故地落泪，其实也没有要为小说里的人物落泪，只是觉得与小说里的人物纠结在一起，不能自拔。写作有时候觉得轻松愉快，有时候觉得忧愁。我不知道是将自己当做小说里的人物，还是将小说里的人物移植到现实生活中。

记者：您的作品里表现了很多当地的风俗文化，请问地域文化对您的创作有怎样的影响？

曹向荣：可以说，地域文化是我写作的一部分。家乡的每一寸土地都有文化意蕴。家乡的墙头、树木、巷道、石头、瓦片皆成文章。我对家乡念念不忘，那里有我的父母亲和乡邻们。他们是这个世界上我最亲的人。风俗是乡村精神的一部分，是一辈一辈人经验和传说的结果。人犹如一棵树木，栽在哪里，便在哪里发芽成长。风俗便如空气、阳光、雨露，在这棵树上一天天渗透。有了这些，树干一天天粗壮，树叶一天天繁茂。

记者：最初的文学创作受到哪些人的影响呢？

曹向荣：在我一路写作当中，扶持帮助我的老师太多了。谈最初写作，我得说说高中时期班主任贺振东老师，是他带我去见学校教写作课的卫虎家老师。那年我15岁。如今，30多年过去了，在我一年年成长的岁月里，愈加感念两位老师对我的帮助，同时，也一年比一年感到写作的宝贵。

记者：文学对于您有怎样的影响？或者文学带给您什么？

曹向荣：文学带给我荣誉，也给我的学习和工作带来诸多方便，让我觉得这个世界温暖，充满着爱和阳光。从思想上，文学鼓励催促着让我读更多的书，使我的心宽广、平静、安宁。也是文学让我知道每天都该做什么，让我的精神富足，生活变得多彩。感谢读书，感谢文学！

记者：近期有什么创作计划？

曹向荣：今年年初，我拟题向山西省作协申报写作一部长篇小说《古渡》，作品将呈现农村改革开放以来，人们在经济发展变革大时代中的生活状态及乡村现状。5月，我接到省作协通知，申报的拟题通过。这是继长篇小说《玉香》之后的第二部长篇小说。《玉香》是参加2014年山西省作协征集"三晋百部长篇小说文库"第二批征稿。当年，

全省长篇来稿共 42 部，经评审通过 10 部，其中有《玉香》，由北岳文艺出版社出版。

我希望长篇小说《古渡》在省作协关心扶持下，写得比《玉香》更为出色，以此奉献给多年以来在文学道路上扶持帮助我的老师们！以此奉献给养育我的父老乡亲！

（本文摘自 2017 年 5 月 24 日《太原日报》"新世纪'三晋新锐'作家群·访谈录"）